Io ci credo

Paolo Botti, ist das Pseudonym von Sven Bottling. 1977 in Deutschland geboren und aufgewachsen, lebte er in seiner Jugend auch wenige Wochen im Schweizer Kanton Graubünden. Paolo Botti hat Familie in Deutschland, der Schweiz und in Amerika. Er ist verheiratet und hat eine Tochter. In den vergangenen Jahren hatte er bereits bei mehreren Buchprojekten mitgewirkt. „Io ci credo" ist nach „Vinceremo" sein zweiter Roman.

Die Organisation ist zurück!
Mit ihr auch Luigi Schifferle, Stefano Botatzi und viele andere aus Vinceremo.
3 Tote an unterschiedlichen Orten am Gardasee.
3 Tote die erst einmal so gar nicht zusammenpassen.
Gäbe da nicht noch einen Zwischenfall an der österreichisch-slowakischen Grenze, die ganz schnell an internationaler Bedeutung gewinnt und bei allen die Erinnerungen an die Organisation wieder erweckt.
Es kommt mal wieder zum Showdown am Gardasee.
Mittendrin natürlich Luigi Schifferle!
Und dann verschwindet auch noch ein Hund und in einer Ferienanlage geht es drunter und drüber.

Paolo Botti

Io ci credo

Noch ein weiterer bisschen von allem „Roman"

FSC
www.fsc.org
MIX
Papier aus ver-
antwortungsvollen
Quellen
Paper from
responsible sources
FSC® C105338

Bibliografische Information der Deutschen Nationalbibliothek:

Die Deutsche Nationalbibliothek verzeichnet diese
Publikation in der Deutschen Nationalbibliografie;
detaillierte bibliografische Daten sind im Internet über
http://dnb.d-nb.de abrufbar.

1.Auflage

Umschlaggestaltung: Paolo Botti
Umschlagmotiv: Birgit Weidisch

Herstellung und Verlag:
BoD – Books on Demand, Norderstedt

ISBN: 978-3-7557-9959-7

per Simone

Die Dinge sind nicht immer so wie sie scheinen.

*-Phaedrus, römischer Fabeldichter
um 20/15 v. Chr. – 50/60 n. Chr.-*

Ein Akt beginnender Spannung

Langsam bewegte sich die Yacht über den ruhigen See. Fast schon gespenstisch warf sie seinen Schatten ins Wasser. Der See war so ruhig, dass das Wasser mehr einer Glasplatte glich. Keine Welle erhob sich daraus. Der Mond strahlte in seiner vollen Pracht vom Himmel.

Es war ein Samstag im August, weit nach Mitternacht. Über dem Gardasee war keine Wolke, der den Mond daran hindern könnte, den kompletten See zu erhellen. In weiter Ferne blinkten die Boote der Fischer auf dem Gardasee. Sie waren alle draußen. Aus Garda kamen die meisten Fischer. Bei solch einer Nacht waren die Fische besonders wild und der Fang war deshalb immer außergewöhnlich gut. Das wussten sie und so waren alle draußen.

Die Sicht war perfekt. Hier im nördlichen Teil des wunderschönen Gardasees auf der Höhe Limone sul Garda – Malcesine hatte man einen traumhaften Rundumblick. Zum einen die Sicht bis zu den Orten im Süden, die hohen furchteinflößenden Felsen zu beiden Seiten, die doch so oft an die Fjorde Norwegens erinnerten und der Blick nach Riva del Garda im Norden.

Die Yacht lag im Dunkeln. Keine Lampe im Inneren, nur das schwache Positionslicht am Bug und am Heck. Es trieb langsam weiter, immer näher kam es der Küste des Westufers und somit Limone sul Garda.

Nur noch etwa 300 Meter trennte das Boot von der Uferpromenade. Die Yacht machte allerdings keine Anstalten abzudrehen oder zu stoppen. Langsam trieb sie weiter.

Es war still, sehr still, vielleicht zu still.

Bei näherem Hinsehen konnte man erkennen, dass niemand an Deck war und das Boot steuerte. Es machte auch nicht den Anschein, dass jemand an Deck kommen würde. Es war einfach nur unheimlich.

Doch niemand war in der Nähe und sah das die Yacht herrenlos war.

Vielleicht hätte dann jemand reagiert und wäre an das Boot herangefahren! Vielleicht hätte jemand gerufen, um zu schauen, ob jemand an Bord war oder sich das Boot einfach nur gelöst hatte und unkontrolliert über den See trieb!

Vielleicht wäre dann auch jemand an Bord gegangen und hätte festgestellt, dass niemand das Boot hätte steuern können, da die Insassen tot im unteren Deck der Yacht lagen.

Ein Mann und eine Frau lagen regungslos auf dem Boden. Eine große Blutlache hatte sich bereits flächendeckend ausgebreitet. Der Teppich war vollgesaugt und färbte sich schon dunkel. Das ließ darauf schließen, dass die beiden Personen schon eine Weile dort liegen mussten.

Ein Bersten störte die Ruhe des Gardasees und der Vollmondnacht. Die Yacht wurde abrupt durch die Ufermauer gestoppt. Sie knallte erst frontal mit dem

Bug auf die vermoste Mauer, bevor sie durch den Druck zur Seite drehte und dann unter lautem Knarzen und Quietschen an ihr entlangschrammte. Ein alter, aus dem Wasser herausragender Holzpfahl brachte die Yacht zum Stehen. Sie verkeilte sich mit dem stark ramponierten Bug zwischen Ufermauer und Holzpfahl.

Plötzlich war es wieder still, zu still.

1
Ein kurzer Rückblick

Ein Jahr ist es her, seit der Gardasee und auch der Raum Stuttgart von einer Mordserie heimgesucht wurde. Was damals vielleicht erst wie eine religiöse Tat und ein Mord im Milieu aussah, entpuppte sich schnell zu einem Fall auf höchster Ebene, der über die Grenzen hinaus ging. Alles hatte sich damals parallel aufgeklärt. Viel ist seitdem passiert.

Deutschland, Italien, Europa, ja die ganze Welt wird seit Monaten von einer Pandemie beherrscht. Ein unsichtbarer Virus hat das Leben auf der ganzen Welt in den letzten Monaten in weiten Teilen und Bereichen zum Erliegen gebracht. Nur langsam, sehr langsam kehrt überall wieder Normalität ein.

Doch langsam. Was wurde aus den Personen, aus den Protagonisten von Vinceremo?

Gudrun und Friedhelm Muckel lebten seitdem in ihrem kleinen Dorf auf dem Hunsrück und hatten eigentlich vor gehabt im Frühjahr, zur Osterzeit trotz der Umstände aus dem vergangenen Jahr, wieder an den Gardasee zurückzukehren. Das Virus machte ihnen jedoch einen Strich durch ihre Planung und so wurde aus Ostern nichts. Stattdessen hatten sie kurzfristig umgeplant und hatten sich eine Unterkunft im August gesucht. Die Abreise stand jetzt kurz bevor. Diesmal sollte es allerdings in den beschaulichen Süden gehen. Ziel war Garda.

Martin Schunk, der Kommissar aus Stuttgart wurde ins Ministerium versetzt. Er hatte jetzt einen ruhigen Bürojob. Maria Zeflekova und er trafen sich seit dem Vorfall im vergangenen Jahr regelmäßig. Es schien sich etwas Festes anzubahnen.

Luigi Schifferle betrieb noch immer sein Restaurant *„Zum Schwäbischen Italiener"* mit Erfolg. Er war fast immer ausgebucht gewesen, bis zu dem Tag als die Pandemie die Welt zum Stillstand zwang. Mehrere Monate war das Restaurant geschlossen gewesen. Seit gut fünf Wochen hatte er wieder geöffnet und so langsam füllten sich auch wieder die Bücher mit täglichen Anfragen und Reservierungen. Die letzten Monate waren hart gewesen. Auch für ihn. Er hatte wie alle schließen müssen und nur „take away" verkaufen dürfen.
Doch nun hatte er Hoffnung auf Besserung. Ihn und auch alle die er kannte hatte das Virus bis jetzt verschont. Strikt hatte er sich an alle Auflagen der Regierung gehalten.

Stefano Botatzi und Tomaso di Gallo verrichteten weiter ihren Dienst in der Questura am Gardasee. Für sie hatte sich in den letzten Monaten nicht viel geändert. Delikte gab es immer. Vielleicht keine Morde und keine Todschläge, aber ein Diebstahl dort, eine Prügelei hier und in den letzten Monaten mehrere Delikte von Häuslicher Gewalt. Das Leben der beiden hatte sich also nicht gravierend verändert. Aber auch sie mussten sich an so manche neue Vorschrift in den letzten Monaten halten und sich in vielen Dingen einschränken.

Deshalb freuten sie sich auch das jetzt endlich wieder etwas Normalität einkehrte und auch Touristen wieder an den Gardasee kamen.

Die Ereignisse des letzten Jahres war für viele in Vergessenheit geraten und es wurde nur noch selten darüber geredet oder berichtet. Die Pandemie hatte alles in den Schatten gestellt und viele Dinge in den Hintergrund gedrängt.

Das es aber noch nicht vorbei war, würde sich schon bald zeigen. Der Tod war zurück am Gardasee.

2
Limone sul Garda, Samstagmorgen

Die Yacht klemmte noch immer zwischen Ufermauer und Holzpfahl. Es war früh am Morgen. Die Sonne war gerade erst aufgegangen und tauchte den See und Limone sul Garda in ein warmes schönes Licht. Es war noch ruhig. Der Tag erwachte, aber der Ferienort lag noch still und ruhig da. Es sah so aus, als wolle er sich langsam auf die kommenden Touristenmassen vorbereiten, die auch sicherlich am heutigen Samstag wieder durch die engen Gassen des Ortes schlendern würden.

Am Hafen und in den Gassen in denen sich sonst viele Tausend Touristen aus aller Welt Tag für Tag hindurch drückten hatte noch alles geschlossen. Limone sul Garda war eines der beliebtesten Orte am See. Gemessen an der Einwohnerzahl und den vorhandenen Betten und täglichen Touristenströme konnte es sehr gut mit einer Großstadt mithalten.

Die Mitarbeiter der Gemeinde waren bereits in diesen frühen Morgenstunden in den Gassen unterwegs. Sie reinigten die Straßen und leerten die Mülleimer. Das machten sie jeden Morgen, solange Saison war. Es war immer der gleiche Ablauf. Immer in zwei Mann Trupps ging es durch die Gassen des Ortes. Dabei hatte jeder sein festes Revier, welches bis zur Ankunft der ersten Touristen fertig sein musste. Die ersten Ausflugsboote legten immer gegen 09:00 Uhr an. Die ersten Autoschlangen würden spätestens 30 Minuten nach den Booten im Ort ankommen und sich einen der verhältnismäßig wenigen Parkplätze suchen, die der Ort hatte.

Dienstags war allerdings alles etwas anders. Da war der wöchentliche Markt an der Promenade und der Ort platzte bereits früher als an den anderen Tagen aus allen Nähten. Heute war jedoch Samstag und es war Markt im gegenüberliegenden Malcesine.

Viele Touristen nutzten daher die Schiffe von Limone aus, um ans gegenüberliegende Ufer zu kommen und den dortigen Markt zu besuchen.

Der Reinigungstrupp, der die Promenade in der Nähe des kleinen alten Hafens reinigte, bemerkte die Yacht zunächst nicht die eingeklemmt zwischen Ufermauer und Holzpfahl steckte.

Viel zu sehr waren sie mit ihrem täglichen Ablauf beschäftigt. Schließlich wollten sie fertig sein, wenn die ersten Boote und Touristen den kleinen Ort stürmten. Eifrig leerten sie die überfüllten Mülleimer und kehrten Blütenblätter und Laub von der Promenade. In einiger Entfernung hörte man bereits die Kehrmaschine die das zusammengekehrtes Laub aufsaugen würde.

Der See war nicht mehr so still und ruhig wie noch wenige Stunden zuvor. Die Winde, die hier im Norden das Herz eines jeden Surfers höherschlagen ließen, taten ihr bestens, um auch an diesem Samstag den ein oder anderen glücklich zu machen. Obwohl noch kein Schiff auf dem See seine Runden zog und das Wetter traumhaft war, schlugen Wellen an die Mauern der Promenade. Sie wurden immer stärker. So stark, dass die Yacht, die immer noch eingeklemmt zwischen Holzpfahl und Ufermauer steckte laut knarzte und erstmals die Aufmerksamkeit des anwesenden Reinigungstrupp auf sich zog.

Sie schauten kurz auf die Yacht, und setzten ihre Arbeit fort. Eine weitere Welle schlug gegen die Mauer und wieder knarzte es. Diesmal war die Welle so stark, dass das Boot an die Mauer schlug und ein berstendes Geräusch hinzukam.

Das schreckte den Trupp auf. Sie unterbrachen ihre Arbeit und schauten erneut zur Yacht. Einer der Arbeiter ging näher ran und bemerkte das sie weder befestigt noch ordnungsgemäß angelegt und vertaut war. Diese Stelle war auch eigentlich nicht vorgesehen für Boote dieser Art.

Er blickte sich nach seinem Kollegen um. Dieser schaute ihn fragend an. Er schüttelte nur mit dem Kopf und entfernte sich wieder vom Ufer. Sein Kollege machte es ihm nach. Kurz darauf war der Trupp wieder damit beschäftigt den Müll und das Laub zu entfernen. Die Yacht aber lag noch immer ohne Sicherung zwischen Holzpfahl und Ufermauer. Noch immer regte sich nichts auf Deck.

Auch zwei Stunden später hatte sich daran nichts geändert. Die Yacht lag noch immer an der gleichen Stelle. Sie war noch immer unvertaut und ohne eine Menschenseele an Deck.

Die Promenade hatte sich allerdings mittlerweile gefüllt. Wo vor wenigen Stunden nur die Reinigungstrupps waren, tummelten sich jetzt wieder jede Menge Touristen durch die schmalen Gassen von Limone.

Eine Welle ließ die Yacht wieder gegen die Hafenmauer krachen. Es knarzte wieder hörbar. Die Touristen, welche in unmittelbarer Nähe standen, erschraken sich. Einige ließen vor Schreck ihr Eis fallen, andere wiederum sprangen zur Seite.

Eine Gruppe älterer Damen schüttelten nur den Kopf und gingen in Richtung der Bar Al Porto.

Durch die letzte Welle löste sich die Yacht und machte mit dem Heck eine 180 Grad Drehung. Dieses versperrte nun die Einfahrt zum kleinen Hafen, sowie zur Anlegestelle für die Touristenboote. Die Speedy Gonzales II war das erste Boot was dadurch nicht wie geplant anlegen konnte und vor dem Hafen wartete. Auch zwei Fischerboote kamen nicht in den kleinen Hafen und warteten ebenfalls vor der Einfahrt.

Das Spektakel um die Yacht zog immer mehr Schaulustige an und wenig später war die kleine Promenade rund um den alten Hafen voll von Menschen. Alle blickten auf das immer größer werdende Chaos. Mittlerweile hatte sich noch ein weiteres Boot hinzugesellt, welches auch wartende Touristen abholen wollte.

Es staute sich zusehends immer mehr an der Promenade, ebenfalls zu Wasser und auch auf den schmalen Gassen entlang des Ufers.

Das rief die Polizia Locale auf den Plan, die durch die ansässigen Ladenbetreiber und Restaurantbesitzer gerufen wurde. Der Beamte drängte sich durch die Massen an der Promenade zum kleinen alten Hafen. Noch bevor er diesen erreichte, sah er das Ausmaß. Am Anleger warteten Menschen, die sich schon bis zum Gewölbedurchgang stauten.

Dazu kamen die Schaulustigen, die sich über den ganzen schmalen Weg entlang der Promenade tummelten. Die Yacht stand mittlerweile quer zur Einfahrt des Hafens und schlug immer wieder an die Ufermauer. Ein Anlegen der Touristenboote war deshalb momentan nicht möglich. Zu gefährlich war eine mögliche Kollision.

Der Beamte drängte sich durch die ganzen Massen nach vorne.

„Buon giono Signora e Signore. Prego! Verlassen sie bitte den Hafen. Es gibt hier nichts zu sehen."

Niemand machte jedoch Anstalten den Ort zu verlassen. Ganz im Gegenteil. Es kamen immer mehr hinzu und drängten sich an die Promenade.

Der Beamte nahm sein Handy aus der Brusttasche und wählte eine Nummer. Kurz darauf steckte er es wieder ein und wartete.

Nur wenige Minuten später hörte man entfernt die Sirenen der Carabinieri. Ganz in der Nähe verstummten sie. Kurz darauf waren mehrere Beamte vor Ort.

Innerhalb weniger Minuten war die Menschenansammlung mit Hilfe der Carabinieri aufgelöst. Nur noch die wartenden Fahrgäste der Touristenboote standen an der Promenade.

Die Beamten näherten sich der Yacht.

„Buon giono! Per favore, vieni sul ponte!"

Nichts regte sich. Die Beamten wiederholten die Aufforderung. Auch diese blieb unbeachtet.

Einer der Beamten nahm Anlauf und sprang auf die Yacht. Es wackelte sehr stark und er hatte Mühe das Gleichgewicht zu halten. Dann verschwand er im Inneren des Bootes. Kurz darauf kam er wieder an Deck. Er war kreidebleich. Auf die kurze Reling gestützt nahm er tief Luft, bevor er seinen Kollegen durch ein Zeichen zu verstehen gab das sie dringend einen Krankenwagen, sowie die Kollegen der Polizia benötigten.

Danach warf er das Tau an Land und die Kollegen befestigten die Yacht.

Die wartenden Touristen mussten die Promenade verlassen und die wartenden Boote wurden zur neuen Promenade umgeleitet. Zudem musste die Bar Al Porto schließen. Das Gebiet um den alten Hafen wurde so gut es ging abgesperrt. Da es die einzige Möglichkeit war vom offiziellen Schiffsanleger in den

Ort zu kommen, war eine komplette Absperrung zur Hauptzeit nicht möglich. Zu groß wäre das Chaos geworden die Menschenmaßen umzuleiten oder die ganzen Schiffe in den neuen Hafen umzuleiten.

Kurz darauf trafen Polizia und Ambulanza ein. Da sie nicht bis zum alten Hafen vorfahren konnten, machten sie am Brunnen vor dem Ristorante Gemma halt und legten die restlichen Meter schnellen Schrittes zu Fuß zurück.

Die Sanitäter um Carlo Poli und Franca Meranzi stiegen direkt, ohne zu warten ins Innere der Yacht.

Dort fanden Sie eine Frau sowie einen Mann blut-überströmt auf dem Boden vor. Nach wenigen Sekunden stand fest das beide tot waren und keine ärztliche Hilfe mehr benötigten. Trotzdem musste ein Arzt den Tod offiziell feststellen und beglaubigen.

Danach würden die Leichen auf direktem Wege in die Pathologie nach Verona überführt werden müssen. Am Gardasee hatte fast jeder Ort ein Ospedale, jedoch keines hier verfügte über eine Pathologie. Hier musste man dann leider auf die großen Städte ausweichen. Es war auch unüblich hier, dass solche Vorfälle an der Tagesordnung standen. Die beiden kamen wieder an Deck und gaben den Beamten zu verstehen, dass hier nur noch ein Bestatter nötig war.

Die Promenade wurde jetzt großräumig abgesperrt.

Trotz der unzähligen Menschenmassen in dem kleinen Ort, der mal wieder an diesem Tage aus allen Nähten zu platzen drohte, war es unerlässlich diesen Schritt zu unternehmen. Die Promenade wurde beginnend ab der Banco di Brescia bis zum Schiffsanleger der Navigarda gesperrt. Die Schiffe wurden zum neuen Hafen umgeleitet und die Touristen durften auf direkten Weg das Gebiet in Richtung neuer Promenade verlassen. An beiden Absperrpunkten standen nun Beamte der Polizia Locale und setzten die Absperrung vehement durch.

Aus Süden kommend von Salo näherten sich Commissario Botatzi und Sergente di Gallo. Beide waren eigentlich auf dem Weg nach Desenzano del Garda, hatten aber kurz vor Toscolano die Anweisung bekommen nach Limone zu fahren.

3
Residence Villa Rosa in Garda, Samstagmorgen

In der Ferienanlage Residence Villa Rosa in Garda war Paolo bereits seit Stunden damit beschäftigt, alles für den bevorstehenden Tag vorzubereiten. In weniger als zwei Stunden würden seine Gäste wieder am Pool liegen und die Sonne genießen, während er und seine Familie damit beschäftigt sein würden, jeden Wunsch zu erfüllen.

Paolo Bertamè war Anfang fünfzig. Seine graumelierten lockigen Haare waren meist unter einer Schirmmütze versteckt. Schlechte Laune existierte in seinem Universum nicht. Er hatte immer gute Laune. Wenn doch mal schlechte Laune aufkam, ließ er es sich nicht anmerken. Gegenüber seinen Gästen war er immer fröhlich und in jeder Hinsicht zuvorkommend. Er war der „Ah che bello" Mann.
Paolo war verheiratet. Valeria, seine Frau, war der ruhige Pol im Hause. Während Paolo immer präsent war, war sie mehr die stille Kraft im Hintergrund.
Yvonne, die Tochter von Paolo und Valeria, führte das Kyosk One, das Bistro am Pool. Bei ihr kamen nur frische Zutaten auf den Teller. Generell wurde viel Regionales angeboten. Selbst die Getränke kamen aus

der Region. Und täglich gab es eine wechselnde Pasta del giorno und selbstgemachte Dolce.

Unterstützt wurde das Trio durch Barbara und natürlich Rosa und Gino, genannt „The Boss".

Barbara war Paolos Schwester. Rosa und Gino seine Eltern.

Achille Bertamè lag faul und schnarchend im Schatten auf der Terrasse. Er war der Rezeptionshund der Anlage, der heimliche Star.

Die Residence Villa Rosa war seit etwa einer Woche fast ausgebucht. Seit nunmehr 1966 wurden hier Gäste verwöhnt. Angefangen hatte alles mit Gino.

Er gründete die Residence, die mittlerweile von Paolo fortgeführt wurde und zu einer großen Anlage herangewachsen war. Es gab 38 Wohnungen in unterschiedlichen Größen, verteilt auf 3 Gebäude. Zudem einen großen Pool, sowie einen Sportplatz, Boccia und jede Menge anderer sportlicher Möglichkeiten. 100 Olivenbäume zierten die Anlage, die etwas oberhalb von Garda lag. Herzstück der Anlage aber war seit kurzem das Kyosk One, ein Bistro. Hier wurde alles frisch zubereitet und nicht wie in einem Kiosk üblich durch Mikrowellen und Fritteusen.

In wenigen Minuten war man zudem im Zentrum von Garda, wo es noch jede Menge anderer Möglichkeiten gab die schönste Zeit des Jahres zu gestalten und zu verbringen.

Bis auf 5 Wohnungen waren alle belegt. Fast alle Gäste kamen aus Deutschland und waren Stammgäste. Nur selten verirrten sich Italiener in die Anlage. Auch Gäste aus den Niederlanden, Polen und Tschechien waren meist selten hier.

Seine Gäste liebten das familiäre miteinander und das herzliche untereinander. Alles war wie in einer großen Familie und jeder Gast war für die Zeit des Aufenthaltes ein Teil davon. Man fühlte sich ab der ersten Sekunde einfach wohl und war meist traurig, wenn es nach ein, zwei oder gar drei Wochen wieder nach Hause ging.

Samstag war bekanntlich Ab- und Anreisetag in der Residence. An diesem Wochenende reiste aber nur eine Familie ab. Dafür sollten noch zwei Familien anreisen. Es war also recht entspannt an diesem Samstag. Das würde in einer Woche sicherlich anders aussehen. Dann würden fast alle jetzt in der Anlage befindlichen Gäste abreisen.

Ein Gast war bereits gestern angereist. Normalerweise war das während der Hauptsaison nicht möglich, aber Paolo hatte eine Ausnahme gemacht, gerade auch weil noch Wohnungen frei waren. Ansonsten galt in der Hauptsaison generell, Samstag ist An- und Abreise.

Waldemar Meier war erst am späten Abend in der Residence Villa Rosa angekommen. Nach der Übernahme seiner Wohnung wurde er auch nicht mehr gesehen. Er hatte lediglich noch seine Tasche aus dem Auto geholt.

Paolo hatte bereits am Morgen gemeinsam mit seinem Sohn die Liegen am Pool desinfiziert und ausgerichtet. Dabei war ihm aufgefallen das sein neuer Gast ihn beobachtete. Als er ihn ansprechen wollte, war er wieder verschwunden. Kurz darauf tauchte er hinter dem Kyosk One wieder auf und schaute durch einen Spalt im Zaun hinaus auf die Straße. Als er Paolo sah ging er wortlos und schnellen Schrittes an ihm vorbei und verschwand kurz darauf wieder in seiner Wohnung.

Paolo schüttelte nur mit dem Kopf und ging Richtung Büro. Dort warteten bereits die ersten Gäste, die zur Abreise bereit waren und sich verabschieden wollten.

Der Samstag war immer besonders stressig. Am Vormittag reisten alle ab. Jeder wollte sich persönlich bei Paolo und seiner Familie verabschieden. Ab der Mittagszeit reisten die ersten neue Gäste bereits wieder an und, wie sollte es anders sein, wollten sie natürlich von Paolo in Empfang genommen werden.

Waldemar Meier stand plötzlich wieder etwas abseits auf dem Parkplatz und beobachtete Paolo und die abreisenden Familien.

„…so schön war es wieder bei euch hier! Wir werden wiederkommen, versprochen Paolo!"

„Das freut mich Amici. Sehr gerne. Freuen uns, wenn ihr kommt wieder."

„Wir werden euch alle sehr vermissen. Und das leckere Essen von Yvonne. Und Rosa und Gino und natürlich auch Achille. Ach Paolo wir wollen gar nicht nach Hause…"

Paolo schaute verlegen und erblickte dabei wieder Waldemar Meier der immer noch auf dem Parkplatz stand und zu ihnen schaute. Als er jedoch merkte, dass Paolo ihn jetzt ebenfalls beobachtete, verließ er schnellen Schrittes den Parkplatz und verschwand im Gebäude.

Paolo schüttelte unbemerkt den Kopf und wandte sich wieder seinen Gästen zu.

„Amici, Amici… Ihr macht mich gioia. Ihr… Ah che bello!"

Die Familie machte sich auf zu ihrem Auto. Dieses stand auf dem letzten Parkplatz in der Reihe. Auf dem Weg dorthin entdeckten sie ein kleines Päckchen, welches zwischen zwei Autos lag. An dieser Stelle stand vor wenigen Minuten noch Waldemar Meier.

„Paolo… Paolo da liegt ein Päckchen auf dem Boden!"

Paolo kam herbeigeeilt und blickte nun ebenfalls auf das kleine Päckchen am Boden. Er schaute sich um und suchte Waldemar Meier, den Gast, der wie ein Geist ständig über das Areal huschte. Aber er war verschwunden. Paolo schaute auf das Päckchen. Mit einem zögern bückte er sich und nahm es an sich.

„Ich nehme es mit und lege es an Kyosk One. Vielleicht hat jemand verloren oder vergessen!"

24

Waldemar Meier stand im Schatten des Flures seines Gebäudes und beobachtete den Fund des Päckchens. Er könnte sich Ohrfeigen, dass er das Päckchen verloren hatte. Er machte eine Faust und schlug sie mit voller Wucht an die Wand. Schmerzverzerrt rieb er sie sich und steckte sie in seine Hosentasche. Sie pochte. Waldemar Meier blieb noch einen Augenblick stehen, verschwand dann aber im Dunkel des Gebäudes und ging unbemerkt in seine Wohnung.

4
Tignale Gardola, Samstagmittag

Im beschaulichen Tignale weit oben über dem Gardasee tickten die Uhren langsamer als in den hektischen
Touristenhochburgen unten am See. Hier war es wesentlich ruhiger, die Touristen liebten diesen beschaulichen Ort. Von hier hatte man einen herrlichen Blick
nach Norden, auf das Monte Baldo Massiv gegenüber,
sowie nach Süden. Die Temperaturen waren in den
Sommermonaten sehr angenehm, in den Wintermonaten dagegen gab es auch schon mal Frost und
selten auch mal etwas Schnee.

Luigi Schifferle war einer der wenigen Bewohner von
Tignale. Er hatte vor etwas mehr als einem Jahr
Deutschland den Rücken gekehrt und war hierher
ausgewandert. Der ehemalige Polizeibeamte aus dem
Schwabenländle mit italienischen Wurzeln hatte hier
seinen Lebenstraum eröffnet, das Restaurant „Zum
schwäbischen Italiener".

Er war es auch der damals wochenlang in den hiesigen
Zeitungen stand. Nicht nur wegen seiner Eröffnung,
die natürlich ein voller Erfolg war, sondern auch
wegen mehrerer tödlichen Zwischenfälle in Deutschland und hier am Gardasee, die wie sich später herausstellte, alle etwas miteinander zu tun hatten.

Seit den Zwischenfällen waren mehrere Monate vergangen. Es kehrte schnell wieder Ruhe ein und wenig

später sprach niemand mehr über die Vorfälle. Jeder lebte wieder sein beschauliches ruhiges Leben.

Das Restaurant hatte in den Wintermonaten nur an den Wochenenden geöffnet. Da es so gut wie keine Touristen gab, machte es keinen Sinn das Restaurant sieben Tage zu öffnen. Und dann war da ja auch noch die Pandemie gewesen. Am Wochenende hatte Luigi gut zu tun gehabt, wenn auch nur „Take away". Viele Einheimische genossen die Speisen schwäbischer Küche mit italienischer Note. So gab es hier zum Beispiel keine schwäbischen Schupfnudeln, sondern mediterrane Schupfgnocchis. Und Maultaschen waren eine Mischung aus den bekannten Maultaschen und italienischen Ravioli. Pizza gab es auch. Aber es waren mehr Fladen, die herzhaft belegt waren mit mediterranen Kräutern und Käse von der schwäbischen Alb. Alles wurde frisch zubereitet. Luigi verzichtete so gut es ging auf Tiefkühlprodukte. Bei den Getränken war er eigen. Es gab nur regionale Getränke von der Gardasee Region. Kein deutsches Bier!

Luigi Schifferle wohnte noch immer in seiner kleinen Wohnung. Diese lag ein paar Minuten von seinem Restaurant entfernt. Meist ging er den Weg zu Fuß. Nur wenn der Einkauf anstand, fuhr er die wenigen Meter mit dem Auto um alle Waren ohne große Mühe in seinem Restaurant zu verstauen.

Ansonsten verzichtete er weitestgehend darauf. Was möglich war erledigte er zu Fuß oder mit dem Fahrrad. Oftmals aber nutzte er auch den Bus, der mehrmals täglich die einzelnen Orte miteinander verband und auch bis Limone verkehrte.

Heute war sein freier Tag. In der Hauptsaison war es eigentlich nicht vorgesehen, dass man auch mal am Wochenende einen freien Tag hatte, aber er hatte es sich und seinen Angestellten eingeräumt. Das Restaurant hatte noch geschlossen. Er saß an seinem Tisch in der Küche und schaute aus dem Fenster. Vor ihm dampfte eine herrliche Tasse Kaffee. Die Sonne brannte vom Himmel.

„Gleich geht es erst einmal nach Limone. Ich brauche dringend eine neue Geldbörse für das Restaurant. Bei dieser Gelegenheit kann ich auch gleich noch ein wenig Gemüse und getrocknete Früchte bei Ottofrutta besorgen."

Luigi schaute wieder aus dem Fenster. Auf der Straße war es ruhig. Kein Auto, keine Menschenseele war zu sehen. Er nahm einen Schluck Kaffee aus seiner Snoopy Tasse. Diese Tasse hatte er bereits seit mehr als 25 Jahren. Seine damalige Frau hatte sie ihm einmal geschenkt. Eines von den wenigen Dingen, die er behalten hatte, nachdem ihre Beziehung auseinander gegangen war.

Luigi stand auf und ging zur Kaffeemaschine. Er drückte den Knopf für eine weitere Tasse Café Creme. Dabei schaltete er auch gleich das Radio an, was über der Kaffeemaschine am Schrank befestigt war. Es war eines der unterbaufähigen Radios, die es schon in den

Siebzigern gab. Nur war dieses hier technisch auf dem neuesten Stand.

„Piu bella cosa....!", ertönte es aus dem Radio.

Luigi verdrehte die Augen. Wenn er eines hasste, dann war es Eros Ramazzotti. Zu viel Herzschmerz, zu viel übermäßige Gefühlsduselei mit diesem Typen. Er war ihm einfach zu wider. Das Lied wurde unterbrochen.

„Na Gott sei Dank. Mamma Mia. Noch eine Minute länger und das Radio wäre aus der Befestigung gebrochen!"

Luigi grinste. Dann wurde er schlagartig ernst.

„... hat man die Leichen von zwei unbekannten Personen im Hafen von Limone gefunden. Die Altstadt und Teile der Promenade sind zur Stunde noch gesperrt. Die Polizei versucht die Spuren zu sichern. Nach ersten Erkenntnissen handelt es sich um ein Verbrechen. Erinnerungen werden wach...!"

Luigi schaltete das Radio aus. Schweiß lief ihm die Stirn hinunter. Erinnerungen kamen hoch. Erinnerungen an die Ereignisse des vergangenen Jahres, die er so gut verdrängt hatte und die, wie er glaubte, erledigt waren.

Aber nachdem was er gerade im Radio gehört hatte, schien nichts vorbei zu sein. Oder war es nur ein blöder Zufall und das hatte rein gar nichts mit den Vorfällen aus dem vergangenen Jahr zu tun? Tote kamen immer mal vor. Das wusste er noch zu genau. Früher, als er noch bei der Polizei war, hatte er sehr oft mit Toten und deren Geschichten zu tun. Und er konnte das damals meist immer sehr gut von sich fernhalten. Aber jetzt? Jetzt war alles anders. Viele Nächte hatte Luigi schlaflos oder schweißgebadet verbracht. In den letzten Monaten hatte er so oft versucht die Ereignisse aus dem vergangenen Jahr zu verdrängen. Und eigentlich war es ihm auch gelungen. Bis jetzt! Hatten diese Leichen in Limone etwas mit der Sache aus dem vergangenen Jahr zu tun, oder war es nur ein blöder Zufall? Vielleicht waren Drogen im Spiel, oder ein Leck mit der Gasleitung an Bord der Yacht? Luigi versuchte in seinem Kopf krampfhaft parallelen zu ziehen.

„Oh man Luigi. Was passiert hier? Bilde ich mir das alles nur ein? Das kann doch nichts miteinander zu tun haben!"

Luigi ging zum Fenster und blickte wieder hinaus. Er zitterte. Was, wenn das alles wieder zurückkam. Was, wenn es da noch andere gab, die jetzt hier waren und...? Er mochte nicht weiter darüber nachdenken. Luigi wandte sich vom Fenster ab und ging in den Flur seiner kleinen Wohnung. Luigi Schifferle stand im Dunkeln und blickte auf den Spiegel, der an der Garderobe hing. Er schaute in ein verängstigtes Gesicht. Luigi drehte sich wieder um und ging zurück in die Küche. Er griff nach seinem Handy was auf dem Tisch lag und wählte die Nummer von Stefano Botatzi.

5

Limone sul Garda, zur gleichen Zeit

In Limone war die Promenade noch immer weiträumig abgesperrt.

Stefano Botatzi und Tomaso di Gallo hatten den Ort ebenfalls erreicht und waren mit ihren Wagen ebenfalls bis zum Ristorante Gemma vorgefahren. Von dort aus hatten sie die wenigen Schritte zu Fuß zurückgelegt. Beide standen nun ebenfalls auf der Yacht und hatten bereits einen Blick in das Innere geworfen. Die Sanitäter hatten ihre Arbeit beendet. Die kriminaltechnische Abteilung war noch dabei alle Beweise zu sichern. Noch war jedoch nicht abzusehen, wann sie damit fertig sein würden. Zudem warteten alle noch auf die Pathologische Abteilung in Persona von Dottore Umberto Mascherato, die mal wieder, wie so oft auf sich warten ließ. Warum sollte er sich auch beeilen, die Kunden waren meist eh schon tot und somit hatte er keine Eile mehr.

„Wo bleibt dieser Leichenfledderer?", wollte Botatzi wissen.

Der Sergente schüttelte nur nichtsahnend den Kopf. Di Gallo wusste es nicht und ging auf einen seiner Kollegen zu. Dieser schüttelte ebenfalls nur mit dem Kopf und unterstütze dies zusätzlich mit einem kräftigen zucken seiner Achseln.

Botatzi ging zu dem Beamten der als erster auf dem Boot war und die Leichen entdeckte. Bruno Scalia saß kreidebleich auf einem Stein etwas Abseits. Vor ihm stand ein Glas Wasser und ein großes Glas mit Grappa. Er schaute auf den Boden und schüttelte immer wieder den Kopf. Er bemerkte nicht das Botatzi ihn schon eine Weile beobachtete. Erst als er direkt neben ihm stand bemerkte er ihn und blickte kurz auf.

„Salve!"

Bruno Scalia nickte nur und blickte wieder nach unten. Botatzi schaute zur Yacht und dann wieder zu ihm.

„Salve Signore…?"

„…Scalia, Bruno Scalia."

„Signore Scalia, wir müssten ihnen ein paar Fragen stellen. Es muss nicht jetzt direkt sein, aber es wäre von Vorteil, wenn wir das in den nächsten 24 Stunden tun könnten. Kommen Sie doch bitte auf die Questura. Sagen wir morgen Vormittag 10:00 Uhr? Hier ist meine Karte. Auf der Rückseite steht meine Nummer, da können sie mich jederzeit erreichen!"

Scalia schaute wieder zu Botatzi, nahm wortlos die Karte und nickte ihm schwach zu. Dann schaute er wieder zu Boden.

Stefano Botatzi drehte sich wortlos ab und ging zurück zur Yacht, wo di Gallo stand, und das Schauspiel beobachtet hatte.

„Na Commissario das war ja ein sehr wortreiches Gespräch!", empfing di Gallo Botatzi.

Dieser schaute ihn nur an und verdrehte die Augen.

„Sowas bekommt ein lokaler Straßensheriff sicherlich nicht jeden Tag zu sehen. Und wenn man darauf nicht geschult wurde damit umzugehen, ist es sicherlich nochmal schwerer.", erklärte Botazi.

Di Gallo nickte nur und schaute wieder zur Yacht.

„Wo bleibt denn nun der Leichenfledderer? Haben sie Dottore Mascherato erreicht?", fragte Botatzi.

Di Gallo drehte sich wieder um. Er schaute gedankenverloren zu Botzatzi.

„Di Gallo? Ich habe sie etwas gefragt!"

„Scusi Commissario. Ja, ich habe ihn erreicht. Er steht im Stau auf der Gardesana. Er weiß noch nicht, wann er hier sein wird."

Botatzi verdrehte die Augen.

„Das kann ja mal wieder dauern. Immer das gleiche. Immer muss man auf den Leichenfledderer warten. Nie kann der mal einer der ersten sein!"

Etwa eine Stunde später erreichte Dottore Umberto Mascherato den Tatort. Sichtlich genervt ließ er seinen Koffer fallen und holte erst einmal tief Luft.

„Warum so spät Leichenfledderer?", fragte Botatzi sichtlich amüsiert.

Mascherato schaute ihn grimmig an. Er holte wiederholt tief Luft.

„Das fragst du noch? Die Straßen sind voll. Überall Touristen. Man könnte denken wir sind in Deutschland. Nur Autos von dort. Und fahren können die alle nicht. Alles geht schleppend und langsam!"

Botatzi grinste. Vor ihm standen mehrere Becher. In der letzten Stunde hatte er drei Cappuccinos und mehrere Limonaden getrunken. Mehr aus Langeweile und nicht, weil er Durst hatte. Die ersten wollten bereits seit einigen Minuten wieder raus.

„Dann lass mich mal schauen was wir hier Feines haben, damit ihr die Promenade auch mal wieder frei geben könnt. Ihr könnt schon mal die Spezialtaxis kommen lassen für den Abtransport. Ich schaue mir das schnell an. Die genaue Untersuchung mache ich eh bei mir im klimatisierten Büro!"

Dottore Mascherato stieg auf die Yacht und verschwand im Inneren.

„Meinen Koffer bitte!", rief er aus dem Inneren heraus.

Botatzi wies di Gallo mit einer Kopfbewegung an den Koffer ins Innere der Yacht zu bringen. Dieser verdrehte die Augen und hievte den Koffer über die Planken und brachte ihn hinein.

Kurz darauf kam Mascherato wieder an Deck.

„Das hätte ich mir sparen können. Hier kann ich nicht viel machen. Die beiden sehen von der anderen Seite schlimmer aus als gedacht. Nichts zu erkennen, so entstellt sind die. Ich denke mal das etwas säuremäßiges im Spiel war. Aber genau sagen kann ich das erst wenn sie bei mir auf dem Tisch liegen."

„Woher das viele Blut, Umberto?", fragte Botatzi neugierig.

„Kann ich noch nicht genau sagen. Sieht aber so aus, als seien sie hingerichtet worden. Pistole, Gewehr, vielleicht auch etwas Spitzes, keine Ahnung im Moment. Und damit man sie nicht so schnell identifizieren konnte, hat man dort auch noch ein bisschen nachgeholfen.", antwortete der Dottore ohne große Umschweife.

„Und das bedeutet Umberto?", wollte Botatzi wissen.

Der Dottore machte ein nachdenkliches Gesicht.

„Es wird einige Zeit dauern, bis wir eventuell wissen wen wir hier gefunden haben. Wenn ihr keine Papiere oder ähnliches gefunden habt! Bis der Abgleich aus dem Labor da ist... Und Milano ist bekanntermaßen nicht das schnellste im Lande wie ihr wisst."

Botatzi nickte nur zustimmend. Das Labor in Milano war über die Provinzgrenzen hinaus dafür bekannt, nicht das schnellste Labor Italiens zu sein.

Nun kamen auch die Beamten der kriminaltechnischen Abteilung endlich an Deck der Yacht.

Sie hatten einige Beweise sichern können. Unter anderem auch ein weißes Pulver was an mehreren Stellen im Boot gefunden wurde.

„Seid ihr fertig Kollegen?", fragte Botatzi kurz.

Der Beamte nickte nur und hielt als Beweis dafür eine Menge kleiner Tüten in die Höhe.

„Wir haben ein weißes Pulver sichergestellt. Nach ersten Erkenntnissen würde ich sagen Heroin oder Kokain. Genaueres später. Wir müssen es untersuchen lassen. Sobald wir etwas haben, hast du es auf deinem Schreibtisch Stefano!", sagte ein älterer Beamter der als letztes aus dem Inneren kam.

„Danke dir Massimo. Du weißt ja, je schneller umso besser.", sagte Botatzi mit einem Lächeln.

Massimo Tucci nickte nur und verließ mit den anderen Kollegen den Tatort.

„Jetzt fehlen eigentlich nur noch die Spezialtaxis!", sagte di Gallo mit einem Grinsen.

Mit Spezialtaxis waren die Leichenwagen gemeint. Di Gallo hatte sie bereits geordert, jedoch hatten auch sie im Verkehr festgesteckt und brauchten etwas Zeit bis Limone.

Es war jetzt bereits Mittag und noch immer musste die Promenade gesperrt bleiben. Solange die Toten nicht abtransportiert wurden und das Boot nicht in einen Hafen abgeschleppt wurde, konnte die Polizei die Sperrung nicht aufheben.

Sehr zum Ärger der ansässigen Gastronomen und Einzelhändler. Botatzi und di Gallo versuchten alle zu beruhigen, jedoch wurde das von Minute zu Minute schwieriger.

Massimo Tucci stand plötzlich wieder vor ihnen. Botatzi schaute erstaunt als er ihn erblickte.

„Hast du was vergessen?"

„Du wirst lachen Stefano. Ja ich habe was vergessen. Das hier…!"

Massimo hielt einen Umschlag in der Hand.

„Den habe ich noch bei dem Pulver gefunden. Er lag neben der Leiche der Frau, oder besser gesagt darunter."

Stefano Botatzi nahm den Umschlag an sich. Tucci hob die Hand zum Gruß, drehte sich um und verließ den Ort wieder.

„Danke dir Massimo. Bis später."

Botatzi schaute auf den Umschlag. Er war cremeweis und zugeklebt. Ansonsten war auf den ersten Blick nichts zu erkennen. Keine Beschriftung, keine Adresse oder Namen auf dem Umschlag. Botatzi steckte ihn ein.

Die Spezialtaxis, die Leichenwagen, waren mittlerweile ebenfalls angekommen und hielten am Ristorante Gemma. Die Männer hatten den Zinnsarg bereits aus dem Fond des Mercedes Benz Vito geholt und waren auf dem Weg zum alten Hafen. Die Insassen des anderen Leichenwagens taten es dem anderen gleich und machten sich mit einem weiteren Zinnsarg zum Hafen.

Eine knappe halbe Stunde später waren die beiden Toten in den Leichenwagen und ein Team der Wasserschutzpolizei schleppten die Yacht aus dem kleinen Hafen. Kurz darauf wurde die Promenade wieder für die Touristen freigegeben.

Botatzi und di Gallo standen etwas Abseits und beobachteten die Touristen, die jetzt wieder langsam an die Promenade strömten.

6

Residence Villa Rosa Garda, Samstag früher Nachmittag

Paolo hatte das aufgefundene Päckchen mit einem etwas mulmigen Gefühl in sein Büro gebracht. Dort stand es nun auf dem Schrank im hinteren Bereich. Er hatte auch bereits die örtliche Polizei benachrichtigt, nachdem er die meisten seiner Gäste befragt hatte. Niemandem gehörte das Päckchen.

Waldemar Meier hatte das ganze Treiben aus sicherer Entfernung von seinem Appartement beobachtet. Er stand im Badezimmer seiner IG2-Wohnung und konnte von dort unbemerkt den Poolbereich, sowie den Bereich des Büros und des kleinen Piaggio Ape, den der Besitzer zu einem Shop umfunktioniert hatte und Osvaldo nannte, beobachten. Immer wieder fluchte Waldemar Meier leise und ärgerte sich über sich. Nicht mal einen Tag hier und schon liefen die ersten Dinge aus dem Ruder. Er musste versuchen das Päckchen wiederzubekommen, aber wie.

„Oh man, ich könnte mich sowas von ohrfeigen, für so viel Dummheit und Dilettantismus! Das muss aber auch ausgerechnet mir passieren. Wie ein kleiner dummer Anfänger!"

Waldemar Meier wandte sich ab vom Fenster und ging in den hinteren abgewandten Teil seiner Wohnung. Von dort hatte er einen Blick auf die Olivenbäume. Seine Wohnung lag im oberen Stockwerk. Direkt am Treppenaufgang. Perfekt um möglichst unentdeckt zu kommen und zu gehen.

Auf dem Tisch hatte er eine kleine Tasche stehen. Sie war offen und der Lauf einer Pistole schaute heraus. Neben der Tasche lag ein Klappmesser, sowie eine durchsichtige kleine Plastiktüte mit einem weißen Pulver drin. Die Tüte war verknotet. An dem Klappmesser klebte Blut.

Paolo stand neben Osvaldo, dem kleinsten „Shopping-Center" am Gardasee. Gedankenverloren blickte er erst zum Pool und dann auf den Parkplatz.

„Sehr komisch dieses alles. Niemandem gehört Päckchen. Keiner hat etwas gesehen. Naja Polizia kann nehmen mit."

Er ging in Richtung des Kyosk One wo seine Frau Valeria, sowie Yvonne, seine Tochter, damit beschäftigt waren die ersten Bestellungen der Poolgäste entgegenzunehmen.

Am heutigen Samstag würden noch zwei Familien anreisen. Beide würden das erste Mal in der Residence Villa Rosa einchecken. Für Paolo war es auch immer ein wenig aufregend. Neue Gesichter, neue Charaktere und dieses ungewisse. Wie würden die Neuen sein? Wie würden sie mit seiner Art zurechtkommen? Wird ihnen das Apartment und die Einrichtung zusagen? All das war immer sehr spannend, wenn neue Gäste zum ersten Mal Urlaub in der Residence machten. Sicher, der größte Teil seiner Gäste waren Stammkunden. Viele kamen schon Jahre zu ihm. Manche sogar schon Jahrzehnte, als Gino noch die Residence führte. Trotzdem freute er sich auch immer, wenn neue Gesichter den Weg zu ihm fanden. Im heutigen Zeitalter ging das alles so schnell. Social Media machte fast alles möglich. Selbst virtuelle Check-in und virtuelle Partys im Kyosk One hatte er schon gemacht.

Er setzte sich an einen der wenigen freien Tische. Sein Blick war in Richtung des Parkplatzes gerichtet, wo eigentlich jeden Augenblick die Polizia auftauchen müsste.

„Paolo!"

„Paoloooo!"

Eine kleine dickliche Frau mit hochrotem Kopf, kurzen roten Haaren und viel zu großem Sonnenhut stand neben ihm. Ihr Badeanzug passte farblich gar nicht zu den Haaren und dem roten Kopf. Das grasgrün mit pinken Streifen war für jeden mit Bindehautentzündung eine zusätzliche Qual. Ihr schien es aber zu gefallen.

„Paolo, geh, jetzt sag doch was!"

Paolo drehte sich gedankenverloren um und zuckte kurz zusammen. Er war auf diese Farbexplosion gerade so gar nicht vorbereitet gewesen. Schnell hatte er sich aber wieder gefangen und lächelte sie an.

„Martina, gut siehst du aus! Hahaha!", sprudelte es nur so aus ihm heraus.

„Geh Paolo du alter Charmeur!", antwortete sie und wurde noch roter.

„Nein, stimmt wirklich! Meine ehrlich! Du siehst explosiv aus! Hahahaha!"

Martina drehte sich weg. Sie war kurz davor zu platzen. Das alles war ihr jetzt doch ein wenig peinlich. Valeria hingegen schaute erschrocken zu Paolo und schüttelte nur leicht den Kopf. Er lächelte und verdrehte unter seiner Sonnenbrille unmerklich die Augen.

„Paolo...", fing Martina wieder an, als sie sich gefangen hatte.

„Paolo, kannst du mir einen Friseur empfehlen. Ich wollte mal eine Typveränderung!"

Paolo schaute zuerst Martina an und dann Valeria. Die schüttelte nur den Kopf und wandte sich ab. Dann blickte er zu Yvonne, aber auch die war plötzlich im hinteren Teil des Kyosk One verschwunden.

Rosa kam ihm da gerade recht.

„Paolo, la polizia c'è!"

„Si, grazie. Puoi aiutare Martina?", sagte Paolo zu seiner Mutter, stand auf und rannte nach vorne.

Rosa lächelte und blickte zu Martina.

„Ich wollte zum Friseur. Typveränderung!", fing Martina von vorne an.

Waldemar Meier hatte sich seit einigen Minuten wieder am Badezimmerfenster eingefunden und zunächst das Treiben am Pool und dann die Ankunft der

Polizei vor dem Büro beobachtet. Er sah wie Paolo im Inneren des Gebäudes verschwand und kurz darauf mit dem Päckchen in der Hand wieder nach draußen kam. Er redete italienisch auf den Polizisten ein und gab ihm kurz darauf das Päckchen. Der schaute es sich an, machte sich ein paar Notizen auf einem kleinen Block und verschwand kurz darauf wieder mit seinem Wagen.

Waldemar Meier war stinksauer. Er wäre am liebsten mit dem Kopf gegen die Wand gerannt. Noch vor wenigen Augenblicken hatte er sich einen Plan ausgedacht, wie er in der Nacht das Päckchen aus dem Büro holen wollte. Und jetzt das. Hatte dieser Italiener doch das Päckchen an die Polizei übergeben.

„So ein Mist! Mist! Mist!"

Waldemar Meier war außer sich und steigerte sich immer weiter hinein. Wütend verließ er das Badezimmer und ging wieder in den hinteren Teil. Am Tisch nahm er das Klappmesser an sich. Kurz darauf verließ er unbemerkt die Wohnung.

Paolo war zurück am Kyosk One. Rosa war immer noch im Gespräch mit Martina. Er ging direkt hinter die Theke wo Yvonne und Valeria immer noch damit beschäftigt waren Getränke und Snacks auszugeben. Es brummte gerade und die Gäste standen Schlange vor der Theke.

„Die Polizia hat Päckchen mitgenommen!", erklärte Paolo und half beim Bedienen.

42

Beide Frauen nickten stumm.

Waldemar Meier trat nach draußen und blickte zum Kyosk One. Er war noch immer außer sich. Das Klappmesser hatte er in seiner Hosentasche. Er schaute sich um und ging auf den Parkplatz. Aus einiger Entfernung beobachtete Gino ihn, ohne jedoch von Waldemar Meier entdeckt zu werden.

Dieser ging jetzt langsam in Richtung Büro und Osvaldo. Im Schatten des Gebäudes blieb er stehen und blickte wieder in Richtung Pool.

Paolo erblickte ihn und beobachtete ihn misstrauisch hinter seiner Sonnenbrille.

„Komischer Gast. So ganz untypisch als andere Gäste hier.", sagte er zu Valeria und zeigte mit einem Kopfnicken in Richtung von Waldemar Meier.

„Si Paolo. I'ospite è ospite."

„Vielleicht du hast Recht. Gast ist Gast."

Paolo blickte wieder zu Waldemar Meier. Dieser hatte sich bereits wieder von Osvaldo entfernt und ging zurück zum Gebäude, wo er kurz darauf wieder im Inneren verschwand. Sekunden später konnte Paolo einen Schatten im Treppenhaus ausmachen.

„Wo ist Achille?", fragte Paolo ganz beiläufig, nachdem er sich wieder Valeria zuwandte.

„Non lo so! Penso in casa!", antwortete Valeria und rührte weiter eifrig den Topf mit der Soße.

„Ich geh schauen. Ist so still."

Paolo ging schnellen Schrittes in Richtung Wohnung. Kurz darauf kam er ganz aufgeregt zurück.

„Ist nicht in Haus. Achille ist weg."

„Come va? Dove dovrebbe essere?", antwortete Valeria immer noch ruhig.

„Ich weis nicht. Achille ist weg! Kann ihn nicht finden. Im Haus ist er nicht!"

Valeria hörte auf die Soße zu rühren und blickte gedankenverloren an die Wand. Sie überlegte. Paolo war da wesentlich unruhiger. Eine Residence Villa Rosa ohne Rezeptionshund Achille war undenkbar. Er hatte keine Ruhe.

„Ich geh Achille suchen. Muss ja hier irgendwo sein."

Paolo verließ das Kyosk One. Valeria schaute kopfschüttelnd hinter ihm her.

„Achille?..."

„Achiiiiille?..."

Paolo rief laut nach seinem Rezeptionshund. Kein Bellen, kein Röcheln war zu hören. Achille blieb verschwunden. Paolo rannte zur Einfahrt. Auch hier war er nicht.

Weitere zehn Minuten später hatte er ihn immer noch nicht gefunden. Aufgelöst und nervös ging er zum Kyosk One zurück.

„Yvonne, una Grappa per favore!"

"Si"

Yvonne gab Paolo den Grappa. Er leerte das Glas in einem Zug und sank auf dem nächstem Stuhl zusammen.

7
Tignale, Samstag früher Nachmittag

Bereits mehrmals hatte Luigi versucht Botatzi zu erreichen. Seine Nummer hatte er seit der Geschichte im vergangenen Jahr. Sie hatten immer mal wieder losen Kontakt. Gesehen hatten sie sich allerdings seitdem nicht mehr. Meist blieb es bei einem kurzen Telefonat oder einer SMS beziehungsweise einer WhatsApp. Man konnte den Verlauf, ohne zu scrollen komplett lesen.

Er versuchte es ein weiteres Mal. Nach dem fünften Freizeichen ging wieder die Mailbox an. Luigi legte auf.

Er ging nervös in seiner Küche auf und ab. Dabei blickte er immer mal wieder aus dem Fenster. Die Straße war ruhig. Keine Menschenseele war zu sehen. Ab und an flog ein Vogel vorbei und eine Fliege klatschte an die Scheibe. Mehr war nicht zu sehen. Und dennoch ging er weiter auf und ab und blickte immer wieder aus dem Fenster.

Schon längst wollte er in Limone sein. Er hatte doch frei und wollte einkaufen. Portemonnaie und Gemüse bei Ottofrutta. Stattdessen ging er noch immer in seiner Wohnung auf und ab. Tignale war nicht der Hotspot am Gardasee. Heute würde es sicherlich ein ruhiger Tag im Restaurant werden. Seine Kollegen würden den Tag auch gut ohne ihn schaffen. Trotzdem hatte er keine Ruhe.

Er wählte eine Nummer auf seinem Handy. Diesmal war es nicht die von Botatzi.

„Sergio? … Ciao Sergio! Si. Si. Si. Ich weiß. Kannst du bitte gleich das Restaurant öffnen? Ich habe ja frei heute und du weißt ja, wie Antonio manchmal ist. Si Sergio. Ich weiß. Si. Grazie mille. Ciao"

Luigi legte auf. Er war ein wenig erleichtert. Das war schon einmal erledigt. Er nahm ein weiteres Mal sein Handy. Diesmal wählte er wieder die Nummer von Botatzi. Aber auch diesmal ging wieder nur die blöde Mailbox ran. Er legte auf und warf sein Handy auf den Tisch.

„Das mit dem neuen Portemonnaie verschiebe ich mal auf Montag. Die Sache aus dem Radio lässt mir keine Ruhe."

Luigi Schifferle ging ins Wohnzimmer. Am Schrank holte er seinen alten Laptop heraus. Die Staubschicht ließ erahnen das er ihn bereits seit mehreren Wochen nicht mehr herausgeholt hatte. Normalerweise nutzte Luigi auch sein Handy für alle täglichen Dinge. Nur selten musste er auf den Laptop zurückgreifen.

Im Restaurant hatte er zudem noch einen Computer stehen. Diesen nutze er, weil es sich anbot, fast täglich.

Nach einer gefühlten Ewigkeit und mehreren Updates später war er endlich einsatzbereit. Luigi öffnete den Internetbrowser. Die Eieruhr drehte sich.

„Mamma mia! Dieser lahme Kasten. Vielleicht sollte ich doch lieber über das Handy suchen!"

Die Eieruhr hörte auf und der Browser öffnete sich endlich. Luigi gab einige Schlagwörter ein und kurz darauf bekam er mehrere Seiten angezeigt. Er überflog die meisten, da er sie bereits auswendig kannte. In den letzten Monaten hatte er so oft auf diesen Seiten immer und immer wieder die Berichte zu den Vorfällen aus dem vergangenen Jahr gelesen, das er selbst sagen konnte, wo die kleinen Fehlerteufel versteckt waren.

Ganz oben wurde der Vorfall der vergangenen Nacht in Limone angezeigt, obwohl er als Schlagwort „Vinceremo" angegeben hatte, die Überschrift, die die Presse im vergangenen Jahr nutzte, um über die Zwischenfälle und Todesfälle hier am See zu berichten die im Zusammenhang mit einer Organisation standen. Damals war die Polizei davon ausgegangen, dass die Vorfälle sich erledigt hätten.

So wie es gerade aussah, machte die Presse aber mal wieder mobil und brachte die Toten von Limone mit den Vorfällen des letzten Jahres zusammen.

„Das kann doch nicht wahr sein. Wie kommen diese Aasgeier darauf, dass der Vorfall in Limone was mit den Taten im vergangenen Jahr zu tun haben könnten?"

Luigi lief in die Küche und kam mit seinem Handy zurück. Er wählte die Nummer von Botatzi. Wieder klingelte es mehrmals, bevor die Mailbox anging. Er legte auf.

Wieder starrte er auf den Bildschirm. Wieder sah er „Vinceremo". Erinnerungen kamen hoch. Erinnerungen an die Momente in seinem Restaurant. An die Sache mit dem Wagen und diesem Dimitri. Es lief ihm eiskalt den Rücken hinunter. Luigi stand auf und ging nervös im Zimmer auf und ab. Er ging in die Küche und machte sich einen Kaffee.

Als er zurückkam war da noch immer der Bildschirm. Und noch immer stand dort „Vinceremo".

Er nahm nochmals sein Handy und wählte die Nummer von Botatzi. Wieder nur die Mailbox. Diesmal legte er nicht auf, sondern blieb dran.

„Hier ist der Anschluss von Commissario Stefano Botatzi von der Polizia. Bitte hinterlassen sie eine Nachricht. Ich rufe sie unverzüglich zurück."

Diese Nachricht ertönte in Italienisch, Deutsch und Englisch.

Luigi hörte sich die ganze Nachricht an. Es ertönte ein langgezogener Ton. Dann war stille. Luigi legte wieder auf. Er legte das Handy auf den Tisch und starrte auf den Bildschirm seines Laptops.

In roten Buchstaben stand dort diesmal nicht „Vinceremo", sondern:

„Stromsparmodus. Bitte schließen sie den Computer an eine Stromquelle an! Abschaltung in zwei Minuten!"

8
Residence Villa Rosa Garda, Samstagnachmittag

Paolo musste die Suche nach Achille auf später verschieben. Jeden Augenblick würden die neuen Gäste anreisen. Das erste Auto war bereits vor wenigen Augenblicken die Einfahrt eingebogen.

Neben diesem Paar würde noch ein weiteres Paar anreisen. Es war einiges los auf der Autostrada. Sowohl vom Brenner kommend als auch über die Schweiz. Es war einer dieser typischen Samstage. Viele Campingmobile, wenige Laster, da ja Fahrverbot war am Wochenende, sowie Touristen und auch Einheimische die das Wochenende immer gerne am Gardasee verbrachten.

Paolo hatte in seinem Handy die Staumeldungen verfolgt und war, was dies betraf auf dem Laufenden. Außerdem hatten beide Paare ihn von unterwegs kontaktiert und ihm mitgeteilt, wann sie in etwa da sein würden.

Das Pärchen, welches über den Brenner angereist kam, stieg gerade aus.

Kevin-Enrico Klimowitcz und Mandy Böll kamen beide direkt aus Dresden. Sie waren nicht verheiratet, aber bereits seit zwei Jahren ein Paar. Als leidenschaftliche Malle-Urlauber wollten sie mal was anderes probieren. Die Eltern von Mandy hatten ihnen

daher spontan einen Urlaub am Gardasee vorge-
schlagen.

Kevin-Enrico war 23 Jahre alt und Mechatroniker in
einer Opel Werkstatt direkt in Dresden. Er ging regelmäßig ins Fitnesscenter. Wenn er keine Gewichte
stemmte, verbrachte er die Zeit vor der Spielekonsole.
Mandy war 28 Jahre alt und Verkäuferin in einem
Dessous Geschäft in der Dresdener Innenstadt. Bis vor
zwei Jahren hatte sie nebenher noch in einem Club im
Rotlichtviertel gejobbt, wo sich beide kennengelernt
hatten. Sie war dort Tänzerin gewesen und war ein
Naturtalent an der Stange. Nachdem sie Kevin-Enrico
kennengelernt hatte, gab sie diesen auf. Heute modelt
sie ab und an für die neuen Kollektionen aus dem
Dessous Geschäft. Durch diesen Nebenverdienst konnten sich beide auch schon mal einen Urlaub wie
diesen leisten.

Wenn Mandy weder arbeitete noch modelte, verbrachte sie ihre Freizeit gerne auf Tupperware Partys
oder Erotik-Messen. Und davon gab es im wilden
Osten ja bekanntlich einige.

„Ciao. Mein Name ist Paolo. Herzlich Willkommen in
der Villa Rosa. Ich hoffe ihr hattet eine gute Anreise."
Kevin-Enrico und Mandy schauten ihn sprachlos mit
weit geöffneten Augen an.

„Hello, my Name ist Mandy Böll and das ist my
friend Kevin-Enrico Klimowitcz. We haben booked a
room in your Anlage!"

Jetzt schaute Paolo beide mit weit geöffneten Augen an. Er war sprachlos.

„Mamma Mia, die beiden sprechen schlechter Englisch, als ich ITA-Deutsch!", dachte er sich und lächelte beide an.

„Wir können sprechen Deutsch.", entgegnete Paolo.

„Oh, that is gut... Ich meine das ist gut. Ist uns auch wesentlich lieber!", entgegnete Mandy mit hochrotem Kopf.

Alle standen sprachlos da und schauten sich an. Kevin-Enrico hatte noch nicht ein Wort gesagt. Ob er überhaupt sprechen konnte, wusste Paolo nicht. Aber das würde er sicherlich noch rausbekommen. Paolo fand dann auch als erster die Sprache wieder.

„Ja, wie bereits gesagt. Herzlich Willkommen in Villa Rosa. Darf ich haben die Ausweise. Ihr könnt dann gerne zu unserem Kyosk One rüber gehen. Ich komme gleich nach."

Mandy und Kevin-Enrico kramten ihre Ausweise heraus. Dann verschwand Paolo auch schon im Büro, während die beiden zum Kyosk One gingen.

Dort warteten bereits Yvonne, Valeria und Barbara auf die beiden. Alle drei lächelten die Neuankömmlinge an. Mandy und Kevin-Enrico schauten peinlich berührt zu Boden. Valeria verzog daraufhin leicht das Gesicht.

„Ciao, willkommen!", begrüßten Yvonne und Barbara die beiden gleichzeitig.

Mandy und Kevin-Enrico nickten nur.

Beiden nahmen an einem Tisch vor dem Pool Platz. Mandy schaute sich um. Sie waren allein. Kein Gast war zu sehen. Das Wasser des Pools blendete durch die Sonne und Kevin-Enrico gniff die Augen zusammen.

„Schöne Anlage und sehr nette Menschen hier.", sagte Mandy leise zu Kevin-Enrico.

Dieser nickte nur stumm.

Barbara näherte sich. Sie lächelte und stand erwartungsvoll neben den beiden.

„Was darf ich euch bringen?"

Mandy und Kevin-Enrico blickten sie fragend an.

„Na was möchtet ihr trinken? Etwas Kaltes, oder lieber etwas Warmes? Alkohol oder lieber ohne Alkohol?"

Beide schauten fasziniert zu Barbara auf, waren aber sprachlos.

„Ihr müsstet schon etwas sagen. Sonst wird es schwierig.", entgegnete Barbara.

Mandy fand als erste die Sprache wieder, was nicht sonderlich schwer war, da Kevin-Enrico noch gar nichts gesagt hatte.

„Ich hätte gerne einen Wein, einen Rotwein, bitte."

„Trocken oder lieblich?"

„mhhhhh. Trocken bitte."

„Si!"

Mandy stubste Kevin-Enrico an.

„Ich nehme ene Club-Cola."

„Eine was bitte?", fragte Barbara entsetzt.

„Club-Cola!"

„Was ist das? Wir haben nur Coca-Cola!"

Kevin-Enrico schaute ganz entsetzt zu Barbara.

Mandy ergriff das Wort.

„Coca-Cola ist perfekt. Vielen Dank."

„Ich mag aber kene Coca-Cola!", flüsterte Kevin-Enrico.

Barbara nickte nur noch und ging kopfschüttelnd und leicht irritiert zurück. Mandy schaute Kevin-Enrico mit einem bösen Blick an.

„Mamma mia. Tutti gli ospiti pazzi e strani."

Yvonne und Valeria, die das Schauspiel beobachtet hatten nickten nur zustimmend.

Paolo kam zurück. Mit ihm Rosa und Gino, der in einiger Entfernung folgte.

„Herzlich willkommen!", entgegnete Rosa lächelnd.

„Hallo."

„Ciao, buon giorno!", begrüßte auch Gino die Neuen.

„So, hier sind eure Ausweise, vielen Dank. Ihr habt Apartment 34. Das Auto könnt ihr dort stehen lassen. Ist ab jetzt für die Zeit eures Aufenthaltes euer Parkplatz. Rosa wird euch gleich zeigen euer Apartment. Jetzt genießt erst mal das Willkommens-getränk.", sagte Paolo.

Barbara stellte Wein und Cola mit einem Lächeln auf den Tisch und ging zurück.

Paolo wollte noch was sagen, aber da bog bereits das zweite Paar auf die Anlage. Der Wagen fuhr langsam zu den Parkplätzen.

„Ich muss eben nach vorne.", entschuldigte er sich bei den beiden und ging mit einem „Ci sono gia gli altri.", in Richtung Parkplatz.

Der Wagen hielt auf dem ersten Parkplatz ganz in der Nähe von Osvaldo, der Ape.

Gudrun und Friedhelm Muckel stiegen aus. Beide waren nach ihrem Urlaub im vergangenen Jahr in Tignale diesmal in Garda gelandet. Sie hatten eine der letzten freien Apartments bei Paolo bekommen.

Friedhelm schnaufte bereits. Es war erwartungsgemäß bereits ordentlich warm in Garda. Gar nicht zu vergleichen mit Tignale, wo es immer etwas kühler und angenehmer war. Gudrun lächelte und blühte direkt auf. Sie war froh hier zu sein. Tignale war schön gewesen im vergangenen Jahr, keine Frage, aber sie wollte was erleben. Sie wollte den See hautnah spüren und nicht aus 800 Meter Luftlinie bewundern. Es hatte sie einiges an Überredung gekostet, Tignale gegen Garda zu tauschen. Am Ende hatte sich Friedhelm aber seinem Schicksal ergeben, was er bereits nach wenigen Sekunden bereute. Ihm war es jetzt schon zu warm.

Das änderte auch nicht der Pool, der vor ihnen erstrahlte und leise rief „kommt herein zu mir".

Paolo kam lächelnd auf die beiden Neuankömmlinge zu. Gudrun lächelte direkt zurück, während es bei Friedhelm lediglich für ein verkrampftes „etwas" reichte.

„Ciao, buon giorno. Herzlich Willkommen in Villa Rosa. Du bist Fra… Fer… Frie…?"

„Friedhelm. Friedhelm Muckel. Und das ist meine Frau Gudrun. Gudrun Muckel.", erwiderte er.

„Ist schon gut Friedhelm. Du musst unsere Namen nicht ständig wiederholen. Herr Paolo wird ja sonst noch ganz durcheinander!", erwiderte Gudrun mit einem leicht pikierten Blick in Richtung ihres Gatten.

„No, iste alles gut. Ich hatte Namen nicht im Kopf. Wir sinde fast ausgebucht und so viele Gaste hier in Villa Rosa.", entschuldigte sich Paolo.

„Und bitte nur Paolo genug. Ohne Herr. Nicht so formlich bitte.", fügte er noch hinzu.

Gudrun lächelte ihn an und Friedhelm war damit beschäftigt die Sturzbäche von Schweiß in den Griff zu bekommen, die sich ihren Weg nach draußen bahnten. Da er aus jeder Pore drang, war es schwer die Kontrolle zu behalten.

„Ich hoffe ihr hattet eine gute Anreise? Nicht so viel Verkehr?", fragte Paolo.

Es war erträglich. An der Grenze bei Chiasso hatten wir etwa eine Stunde verloren, wegen den vielen LKW und den Urlaubern. Und ach ja am Gotthardtunnel war auch viel los. Aber sonst lief es ganz gut.", erzählte Gudrun.

Friedhelm nickte nur vorsichtig. Jede Bewegung ließ neuen Schweiß nach draußen schießen.

„Kann ich haben Ausweise? Dann kann ich Anmeldung fertig machen. Ihr könnt zum Kyosk One gehen und was trinken. Ich komme dann gleich und wir können weiterreden. Okay?"

Gudrun und Friedhelm übergaben Paolo ihre Ausweise. Dieser verschwand wie bereits bei Kevin-Enrico und Mandy ohne ein weiteres Wort in seinem Büro. Gudrun und Friedhelm gingen zum Kyosk One und setzten sich gleich an den ersten Tisch.

„Och ne, bitte nicht in die Sonne!", maulte Friedhelm, noch bevor Gudrun sich setzen konnte.

„Das wird schwierig werden. Buon giorno. Herzlich Willkommen.", begrüßte auch Barbara die Muckels.

„Buon giorno.", erwiderte Gudrun.

Friedhlem nickte nur stumm und nuschelte etwas Unverständliches hinterher.

„Ich bin Barbara. Das am Kyosk One sind Yvonne und Valeria. Ich bin die Schwester von Paolo. Seid ihr das erste Mal am Gardasee?"

„Nein, wir waren vergangenes Jahr bereits in Tignale. Wir... Ich weis nicht ob ich das erzählen darf... Wir...?!"

Gudrun stockte und Barbara schaute sie fragend an.

„Na wir waren im vergangenen Jahr hier als diese Vorfälle passierten. Wir waren sozusagen mittendrin, anstatt nur dabei. Das hat uns alles so gut gefallen, dass wir wieder hierher mussten. Also den Gardasee meine ich!", fuhr ihr Friedhelm ins Wort.

„Vorfälle?"

„Ja, diese Morde und die Verfolgungsjagt auf der anderen Seite des Ufers. Du hast doch sicherlich

56

davon gehört. Es muss einige Tage in den Nachrichten gewesen sein.", führte Gudrun jetzt fort.

„Ahhh, Mamma Mia. Ihr seid… Ihr wart… Madonna mia. Jetzt bin ich aber sprachlos."

Barbara schaute ganz aufgeregt umher und rief etwas auf Italienisch zu Yvonne und Valeria. Beide schauten entsetzt und bekreuzigten sich kurz.

„Was darf ich euch zu trinken bringen?"

„Einen trockenen Rotwein bitte!", schoss es aus Gudrun heraus.

„Und mir bitte ein Bier.", schob Friedhelm hinterher.

„Einen trockenen Rotwein, si und ein Bier. Welches Bier? Wir haben Forst, Peroni, Moretti, Benaco ….."

Barbara zählte in einer Präzision und Schnelligkeit alle Biere auf, die das Kyosk One zu bieten hatte.

Friedhelm war erstaunt.

„So viele verschiedene…?"

Barbara nickte nur und schaute ihn erwartungsvoll an.

„Nun ja wir sind ja ein paar Tage hier. Fangen wir doch mal mit einem Benaco an. Wenn es geht ein Pils.", bestellte Friedhelm sichtlich erfreut über die große Auswahl.

Barbara nickte wohlwollend und verschwand hinter der Theke.

„Hier gefällt es mir. Das ist hier ja wie im Paradies!", sagte Friedhelm freudestrahlend zu Gudrun.

„Vorhin sahst du eher aus als seist du in der Hölle angekommen.", erwiderte sie.

Friedhelm ließ sich seine momentan sehr gute Laune nicht nehmen und überhörte den Unterton seiner Frau.

Kurz darauf war Paolo zurück und übergab den Muckels die Schlüssel für ihr Apartment Nummer 39. Dann erklärte er den Muckels, wie auch den Böll/ Klimowitcz in wenigen Minuten die Anlage Villa Rosa.

Rosa und Gino hatten nach der Begrüßung von Mandy und Kevin-Enrico das Kyosk One wieder verlassen und waren im ersten Gebäude verschwunden. Nun waren sie wieder zurück und begrüßten auch die Gudrun und Friedhelm.

Somit war die Residence Villa Rosa jetzt bis auf eine Wohnung komplett belegt.

9
Limone sul Garda, etwa zur gleichen Zeit

Noch immer standen Botatzi und di Gallo etwas Abseits am Hafen und beobachteten die Touristen. Diese durften seit knapp einer Stunde wieder an die alte Hafenpromenade, nachdem die Yacht und die beiden Leichen abtransportiert und alle Beweise gesichert waren.

„Möchten Sie noch einen Espresso, Commissario?", fragte di Gallo.

„Si, Sergente.", antwortete Botatzi kurz.

Di Gallo entfernte sich und mischte sich in das Getümmel der Touristen, die sich wieder an der Promenade entlang schoben. Stefano Botatzi stand weiterhin etwas Abseits und blickte teilnahmslos in die Menge.

„Mausebärchen, schau hier muss es gewesen sein. Hier, genau hier!"

Botatzi blickte nach links. Neben ihm stand ein typisches Touristenpärchen. Beide so in den Vierzigern. Der Mann hatte etwa seine Größe, trug einen angegrauten drei-Tage Bart und ebenso einen Bauchansatz. Gekleidet war er typisch deutsch. Karo-Hemd, kurze Hose, Socken bis zu den Knien und Sandalen. Dazu eine Schirmmütze mit Lago di Garda und eine Bauchtasche, die mehr auf der Hüfte hing, da sie um den Bauch nicht passte. Zu seiner linken stand eine Frau, vermutlich seine, die etwa einen Kopf kleiner war. Sie hatte für Botatzis Geschmack etwas zu viel Oberweite. Sie trug ebenfalls eine kurze Hose mit einem Shirt. Dazu Gott sei Dank keine Socken, jedoch Flip-Flops. Ein etwas zu kleiner Rucksack hing auf ihrem breitem Rücken. Eine perfekte Einladung für Taschendiebe und meist Arbeit für seine Kollegen.

Botatzi verdrehte die Augen.

„Mausebärchen, schau, dort am Holzpfahl im Wasser. Kratzer und Schrammen. Die müssen von diesem Boot gewesen sein. Herrgott, ist das spannend."

Der Mann machte ein Bild des Holzpfahles. Und noch eines. Und noch eines aus einer leicht anderen Perspektive.

„Komm Mausebärchen, stell dich mal dahin. Das glaubt uns keiner, wenn wir das zu Hause erzählen."

„Lass gut sein Mani-Hase. Das ist doch nichts Besonderes.", antwortete die Frau ein wenig genervt.

„Nichts Besonderes? Hier wurden Leichen gefunden. Endlich mal was los hier.", antwortete der Mann ganz aufgeregt und euphorisch.

Di Gallo kam zurück mit zwei dampfenden Bechern. Einen übergab er an Botatzi.

„Ich muss noch einmal zurück. Der Kellner des Hotel Baldo hatte was beobachtet. Kommen Sie mit Commissario?"

Botatzi schüttelte ablehnend mit dem Kopf.

„Nein, Sergente gehen Sie allein. Ich bleibe hier. Grazie mille für den Espresso."

Di Gallo nickte und verschwand sogleich wieder im Strom der Touristen, die sich immer noch an der Promenade entlang drückten. Kurz darauf war er nicht mehr zu sehen. Botatzi nippte an seinem Espresso. Dann hörte er wieder diese Stimme.

„Mausebärchen, hast du das gehört?"

Die Frau blickte ihn fragend an.

„Na der Mann hier neben uns ist ein…Kommissar!", flüsterte der Mann nun geheimnisvoll.

Die Frau verdrehte die Augen. Botatzi verdrehte sie ebenfalls.

„Komm Mausebärchen, stell dich mal da hin!"

Plötzlich stand die Frau direkt neben Botatzi und grinste. Ihr Mann hatte sich ein paar Schritte entfernt und machte jetzt Bilder von ihr und Botatzi. Das ging jetzt eindeutig zu weit.

„Signore, unterlassen Sie das."

Der Mann unterließ es natürlich nicht und machte ungestört weiter Bilder von seinem Mausebärchen und Botatzi.

„Signore!"

Botatzi ging jetzt auf ihn zu und entriss ihm die Kamera.

„Hey, hey, hey. Was soll das? Das dürfen sie nicht. Auch nicht hier in Italien.", sagte der Mann jetzt wutentbrannt in einem lauteren unwirschen Ton.

„Was ich darf und was nicht, werde ich ihnen gleich zeigen Signore!", entgegnete Botatzi ruhig und mit bestimmtem Ton.

Di Gallo kam zurück und schaute erstaunt Botatzi und dann die beiden Touristen an.

„Sergente, nehmen sie. Die Kamera wird sichergestellt.", sagte Botatzi und gab sie an di Gallo.

Er nahm sie an sich. Der Strom an Touristen verlangsamte sich. Alle blickten nun zu dem Disput, der sich etwas abseits des Weges am alten Hafen anbahnte. Botatzi merkte das.

„Sergente bitte sorgen sie dafür das nicht noch weitere Personen dazukommen. Notfalls holen sie die Kollegen der Polizia Locale dazu!"

„Si, Commissario.", entgegnete der Sergente und ging auf den Touristenstrom zu.

Gleichzeitig zückte er sein Handy und telefonierte.

„Nun zu Ihnen Signore é Signora. Die Ausweise per favore.", sagte Botatzi immer noch ruhig.

Der Mann lief rot an und wollte schon wieder lospoltern, während seine Frau immer kleiner wurde.

„Lass gut sein Mani-Hase. Gib dem Wachtmeister deinen Ausweis.", sagte sie und hielt ihren bereits Botatzi entgegen.

Ihr Mann atmete tief ein. Er hatte sich noch immer nicht beruhigt. Sein Kopf hatte immer noch diese rote Färbung. Botatzi nahm den Ausweis der Frau entgegen und blickte immer noch ruhig und gelassen den Mann an.

„Mani-Hase, bitte. Mach es nicht noch schlimmer. Gib dem Herrn Wachtmeister deinen Ausweis."

„Nur unter Protest, nur unter Protest. Wir sind in Europa und nicht in irgendeinem kommunistischen Schurkenstaat. Ich habe Rechte!"

Er holte zitternd seinen Ausweis aus seiner Bauchtasche und gab ihn Botatzi.

„Manfred Schwabele."

„Schwäbele, es heißt Schwäbele, Herrgott noch mal. So schwer ist das doch nicht!"

„Mani-Hase!", zischte seine Frau.

„Zi… Zitta Schwaäbele."

„Zita, Zita! Es ist ein einfaches „t". Und es heißt Schwääääbele und nicht Schwaäbele. Herrgott macht dieser Dorfpolizist das extra?", polterte Manfred Schwäbele jetzt unkontrolliert los.

„No Signore, der Dorfpolizist ist Italiener und manche Namen und Wörter sind etwas schwieriger für uns auszusprechen. Oder können sie fehlerfrei „Un bicchiere di vino rosso per favore" aussprechen? Ich glaube nicht! Und jetzt beruhigen sie sich bitte, sonst lasse ich sie abführen und wir unterhalten uns auf der Questura weiter. Haben wir uns verstanden Signore Schwaäbele?!"

Manfred Schwäbele wurde nun ganz klein und blickte zu Boden. Er nickte nur. Seiner Frau war die ganze Situation nun sichtlich peinlich.

„Bitte Herr Wachtmeister, mein Mann hat es nicht so gemeint.", versuchte Zita nun zu beschwichtigen.

„Ich auch nicht Signora. Ich auch nicht.", entgegnete Botatzi ruhig.

Zita Schwäbele lächelte gequält. Ihr Mann hingegen schaute noch immer zu Boden.

„Wissen Sie wo in Riva del Garda die Polizia ist?", fragte Botatzi beiläufig.

Zita und Manfred schüttelten nur den Kopf.

„Dann machen sie sich mal schlau. Dort können sie morgen ab 10:00 Uhr ihre Ausweise, sowie die Kamera abholen.", entgegnete Botatzi.

Manfred Schwäbele war direkt wieder auf 180. Er wollte schon wieder lospoltern. Zita trat ihm gegen das Schienbein. Manfred verstummte direkt und schluckte nur.

„Es reicht Manfred-Theodor. Sonst können wir noch bis Rom fahren um unsere Ausweise wiederzube-kommen!", sagte Zita jetzt mit einem genervten Ton.

Botatzi nickte, lächelte beide an und ging auf di Gallo zu, der unweit stand und das Spektakel mit einem Grinsen beobachtet hatte.

„Kommen sie Sergente, lassen sie uns zurück in die Questura fahren. Hier gibt es erst einmal nichts mehr zu tun."

Zita und Manfred Schwäbele standen sprachlos am Hafen. Beide wären am liebsten in den See ge-sprungen, so peinlich war ihnen die momentane Situation nun.

„Signora Schwaäbele. Ich bin Commissario und kein Wachtmeister.", sagte Botatzi noch.

Dann steckte er die beiden Ausweise in seine Jacken-tasche, während Tomaso di Gallo die Kamera weiter-hin in der Hand hielt. Beide bahnten sich ohne weitere Zwischenfälle den Weg durch die Menschenmassen zu ihrem Fahrzeug was immer noch vor dem Risto-rante Gemma stand.

„Was machen wir mit der Kamera Commissario?"

„Nichts Sergente, gar nichts. Die können die Kollegen mit den Ausweisen morgen wieder an diese beiden komischen Vögel übergeben."

Wenige Minuten später bog das Fahrzeug der beiden Polizisten auf die Gardesana. Das Telefon von Botatzi klingelte. Er schaute drauf. Auf dem Display erschien „Luigi Schifferle". Botatzi verdrehte einen kurzen Moment seine Augen. Dann ging er ran.

10

Grenzregion Österreich-Slowakei

Es regnete. Es war ein unangenehmer kalter Regen, der bereits seit Stunden unaufhörlich auf den Boden prasselte. Es war Samstagmittag. Der Teil der Grenzregion bei Marchegg im österreichischen Teil und Vysoká pri Morave im slowakischen Teil wurde durch ein Waldstück getrennt. Hier war selten jemand.

Selbst Wanderer und Einheimische verirrten sich selten in diesen Teil. Ein Großteil des Waldes war schwer zugänglich. Nur ein paar Waldwege, die meisten unbefestigt und nur mit geländetauglichen Fahrzeugen passierbar.

Hier gab es mehr Wildschweine, Füchse, und Rehe wie in so manchem Wildgehege in Europa. Genau in dieser Gegend näherte sich jetzt ein alter Lada Niva. Das Fahrzeug hatte sichtlich Probleme die teils unpassierbaren Wege zu bewältigen. Immer wieder musste der Lada stoppen und die Insassen aussteigen um Äste und Gesteinsbrocken aus dem Weg zu räumen. Der Fahrer des Lada Niva hatte sich schon mehrmals verschaltet, der Motor heulte laut auf und auch die Kupplung machte immer wieder krachende Geräusche.

Der Wagen bog um eine große Eiche und erreichte eine kleine Lichtung. Der Lada stoppte. Der Motor verstummte und es war plötzlich wieder ganz still. Der Regen prasselte auf das Dach. Die Fenster öffneten sich einen Spalt. Rauch trat nach außen und verflüchtigte sich schnell im nassen Wald. Ansonsten passierte nichts.

Nach etwa zehn Minuten näherte sich aus südlicher Richtung ein weiteres Fahrzeug. Es war ein schwarzer SUV. Getönte, schwarze Scheiben und leistungsstarker Achtzylinder. Er hatte keine Probleme die teils unpassierbaren Wege zu bewältigen. Sein starker Motor und die riesigen Reifen bahnten sich unaufhörlich ihren Weg durch den Wald. Der Wagen hielt direkt neben dem kleinen Lada. Der Motor verstummte und es war wieder still. Es sah schon witzig aus. Der übergroße SUV, schwarz, stark und bullig neben dem kleinen russischen Lada, der einfach nur klein und hilflos aussah.

Die Scheiben des SUV fuhren nach unten. Die des Ladas wurden nun auch komplett geöffnet, per Hand und ohne Technik. Während man im Lada Niva die Insassen erkennen konnte, war es im SUV dunkel. Durch die getönten Scheiben war nichts zu erkennen.

Die Insassen beider Fahrzeuge unterhielten sich. Ohne dass jemand sein Fahrzeug verließ und ohne das jemand genau zu sehen war. Alles geschah aus den Fahrzeugen heraus. Für einen Außenstehenden anonym und mit Abstand. Ein komischer Anblick wie aus einem Mafiafilm.

Plötzlich fielen Schüsse. Ein Aufblitzen durch das Abfeuern der Patronen aus den halbautomatischen schallgedämpften Pistolen und das gleichzeitige zucken von Körpern. Die Insassen des Ladas wurden regelrecht hingerichtet. Sie hatten keine Chance. Das Blut verteilte sich in Sekundenschnelle im inneren des Fahrzeugs. Die Frontscheiben färbten sich rot. Keiner der Personen im Lada hatte auch nur den Hauch einer Chance. Nach wenigen Sekunden war alles vorbei.

Es war wieder still.

Kein Rauch mehr aus dem Lada. Stattdessen flogen zwei Flaschen aus dem SUV ins Innere des Ladas. Das Splittern von Glas war zu hören. Es zischte und im gleichen Augenblick schlugen Flammen aus dem Inneren des russischen Geländewagen nach draußen. Wenige Sekunden später stand das ganze Fahrzeug in Flammen.

Der SUV startete und so wie er gekommen war, so verschwand er auch wieder.

Kurz darauf war nur das Zischen, Knarzen und Bersten, welches die Kraft der Flammen verursachte zu hören. Eine schwarze dunkle Rauchwolke bahnte sich den Weg durch die Baumwipfel nach oben. Das Feuer fraß sich unaufhörlich durch Metall, Kunststoff, Gummi und die Körper der Insassen.

Der SUV war verschwunden. Nur die Spuren im Waldboden deuteten noch darauf das hier vor wenigen Minuten ein weiteres Fahrzeug stand.

11

Residence Villa Rosa Garda, Samstagnachmittag

Paolo war seit einigen Minuten wieder damit beschäftigt nach Achille zu suchen. Mit ihm war mittlerweile auch die ganze Familie Bertamè damit beschäftigt nach dem Rezeptionshund zu suchen. Das Kyosk One war verlassen. Auch einige Gäste liefen rufend und suchend über das große Gelände der Residence. Von Achille fehlte jedoch weiterhin jede Spur.

Paolo stieg auf seine Vespa „Sei" und fuhr vom Gelände. Er wollte die Umgebung nach Achille absuchen. Vielleicht war der Hund in einem unbeobachteten Moment vom Gelände gelaufen und irrte nun durch Garda. Ohne Orientierung und vielleicht verängstigt.

Gudrun und Friedhelm Muckel, sowie Mandy Böll und Kevin Enrico Klimowitcz bezogen derweil ihre Apartments. Sie hatten ihr Gepäck aus dem Fahrzeug geholt und waren gerade damit beschäftigt alles in den Schränken zu verstauen.

Gudrun und Friedhelm wollten, wenn sie damit fertig waren, bei der Suche des Hundes helfen.

„Hast du meine Tasche aus dem Auto mitgenommen?", fragte Friedhelm.

„Welche Tasche?"

„Na, die kleine schwarze. Die mit dem Klickverschluss und dem schwarzen Stoffträger. Die lag auf der Rückbank bei der Tasche mit den Küchenutensilien."

Gudrun unterbrach das Ausräumen der Tasche und blickte auf.

„Da war keine schwarze Tasche!"

„Die muss aber da gewesen sein. Ich habe sie selbst dahingelegt. Gestern! Als ich das Auto beladen habe. Bist du sicher?"

Wieder unterbrach Gudrun das verräumen und blickte auf.

„Friedhelm! Da war nichts. Sonst hätte ich es mitgebracht!"

Das nächste was Gudrun hörte war das Knallen der Tür. Friedhelm war auf dem Weg zum Wagen.

Gudrun schüttelte nur mit dem Kopf und packte weiter die Taschen aus.

Nur ein paar Meter entfernt in Apartment 34 waren Mandy und Kevin-Enrico ebenfalls beschäftigt. Jedoch nicht mit dem ausräumen der Taschen und Koffer. Seit einigen Minuten waren sie damit beschäftigt, die Federung der Betten zu testen. Das sie dies nicht lautlos taten bekam Friedhelm lautstark zu hören, der gerade an der Tür ihrer Wohnung vorbeiging. Er blieb kurz stehen und lauschte an der Tür.

„Kevin-Enrico, du Tier…"

Friedhelm erschrak und knallte mit dem Kopf gegen die Tür. Im Inneren wurde es still.

„Geh runter Kevin-Enrico! Da ist jemand an der Tür!"
Friedhelm stolperte die Treppe hinunter. Das was er
gerade zu hören bekam war gar nicht so das was er am
ersten Urlaubstag hören wollte. Und schon gar nicht
am helllichten Tage.

Die Tür von Apartment 34 öffnete sich vorsichtig
einen kleinen Spalt. Kevin-Enrico, splitterfasernackt,
lugte aus der Tür. Keiner war zu sehen. Er zog den
Kopf wieder zurück und schloss die Tür.

„Da iss niemand. Du hast dich verhört!"
Friedhelm war am Wagen angekommen. Er hatte die
Tasche natürlich gefunden. Sie lag unter dem Fahrer-
sitz. Er nahm sie und ging zurück. Unterwegs traf er
Gino.

„Buon giorno.", sagte Gino und lächelte.
„Buon giorno.", antwortete Friedhelm.
Gino stand vor ihm. Friedhelm war etwas hilflos. Was
sollte er machen? Er lächelte zurück.
Gino sagte etwas auf italienisch, was Friedhelm nicht
verstand. Er lächelte nun etwas hilflos. Gino lächelte
ihn wieder an und schaute ihn erwartungsvoll an.
„Sehr schön haben Sie es hier, sehr schön!"
Gino lächelte noch immer. Friedhelm deutete an das
er wieder nach oben müsste.
„Ciao."
Gino winkte kurz und Friedhelm ging langsam an ihm
vorbei. Bevor er die Treppe hinauf ging, drehte er sich
noch einmal kurz um. Gino stand noch immer da und
winkte ihm zu. Friedhelm winkte zurück.

Kurz darauf war er wieder im Apartment.

„Du glaubst nicht was ich eben erlebt habe.", fing Friedhelm an.

„Du hast deine Tasche gefunden?", kombinierte Gudrun und zeigte auf die Tasche in seiner Hand.

„Nein! Ja! Das auch. Nein, ich habe… Ich bin…"

Gudrun unterbrach wieder das verräumen. Sie schaute fragend zu Friedhelm.

„Das Pärchen was mit uns angereist ist… Ich bin an ihrem Apartment vorbei und… Und die haben da… Na…"

„Was haben sie?", wollte Gudrun wissen.

„Na die haben…"

Friedhelm versuchte mit den Händen zu zeigen, was er wenige Minuten zuvor an der Tür von Mandy und Kevin-Enrico hörte.

Gudrun schaute erst erstaunt und fing dann laut an zu lachen.

„Warum lachst du jetzt? Ich finde das echt peinlich! Und sowas am helllichten Tage."

„Es gab mal eine Zeit, da haben wir sowas auch am helllichten Tage gemacht, falls du dich erinnerst", sagte sie und fing an zu lachen.

„Darum geht es doch jetzt gar nicht!", verteidigte sich Friedhelm.

Gudrun lachte und fuhr fort mit dem verräumen. Friedhelm ersparte es sich weiter und detaillierter über diesen Vorfall zu sprechen und den Fauxpas zu erwähnen, der ihm an der Türe von Mandy und Kevin-Enrico passierte.

Draußen waren immer noch alle damit beschäftigt weiter nach Achille zu suchen. Der Hund blieb aber verschwunden. Kein Bellen oder Knurren war zu hören. Jeden Winkel hatten sie bereits abgesucht, mehrmals.

Paolo war ebenfalls seit wenigen Minuten wieder in der Residence. Auch er hatte Achille in Garda nicht finden können.

„Nix. Niemand hat ihn gesehen. Bin bis zur Promenade gefahren. In den Seitenstraßen. Bei allen Hundebesitzern in Nachbarschaft. Nix. Auch nichts Richtung Costermano."

Paolo zuckte resigniert mit den Schultern. Er war fix und fertig. Die Residence Villa Rosa war nichts ohne einen Rezeptionshund Achille. Und einen Achille gab es nur einmal. Der war unersetzbar.

Paolo sackte auf einem Stuhl am Kyosk One zusammen. Gedankenverloren blickte er auf den Pool. Im Wasser spiegelte sich das Gebäude. Die Sonnenstrahlen blendeten und ließen das Wasser und das Spiegelbild des Gebäudes in kräftigen Farben erscheinen.

Durch die leichte Bewegung des Wassers traf Paolo ein Sonnenstrahl so stark, dass er wegschauen musste. Seine Augen brannten, und dass obwohl er seine Sonnenbrille trug. Er nahm sie ab und rieb sich die Augen. Als er sie wieder aufsetzte, fiel sein Blick linker Hand an die Hecke. Auf dem Boden waren dunkle Flecken. Oder war sein Blick noch getrübt durch die Sonne? Paolo nahm die Brille ein weiteres Mal ab und fuhr sich mit den Händen durch die Augen. Dann schaute er nochmals zur Hecke. Diese Flecken waren immer noch da. Er stand auf und ging langsam darauf zu.

Als er näherkam, sah er was es war.

„Mamma mia. Questo non deve essere vero!", schrie er laut und hielt sich die Hände vor sein Gesicht.

Kurz darauf standen alle Bertamès bei Paolo und blickten ebenfalls auf die Flecken am Boden. Nach und nach kamen auch immer mehr Gäste dazu und blickten ebenfalls wortlos auf die Flecken.

Martina, die immer noch in ihrem auffälligen Badeanzug war, fand als erste Worte.

„Das schaut aus wie getrocknetes Blut. Ich kenn mich aus damit. Ich habe mal in einer Metzgerei geschafft."

Ein Raunen ging durch die Menge. Paolo schlug wieder die Hände vors Gesicht.

„Silenzio!", zischte Valeria.

„Mamma mia. E quello die Achille?", fragte Gino in die Stille.

Alle blickten ihn entsetzt an. Gino schaute weg.

„No, no, no!", sagte Yvonne leise.

Mittlerweile waren alle am Pool versammelt. Es war voll geworden. Alle starrten auf die Flecken am Rand des Pools. Auch Gudrun und Friedhelm, sowie Mandy und Kevin-Enrico waren da. Letztere standen jedoch etwas abseits. Sie hatten den Blick von Friedhelm gespürt, als sie an den Pool kamen.

„Ich rufe Polizia.", sagte Paolo leise und ging langsam Richtung Büro.

„Allora! Möchte jemand etwas trinken? Ich gebe eine Runde für Hilfe beim Suchen!", fragte Yvonne in die Runde.

Alle verließen die Stelle und gingen langsam in Richtung Kyosk One. Die Stimmung war gedrückt. Das lag zum einen an den Flecken auf dem Boden, wo noch niemand genau wusste was es denn wirklich war und natürlich an dem Verschwinden von Achille.

Kurz darauf war auch Paolo wieder am Pool. Er blickte nochmals auf die Flecken und ging dann ebenfalls zum Kyosk One.

„Polizia ist gleich da. Sie wollen jemanden schicken der schaut was das sein kann.", erzählte er in die Runde.

Erst Stille, doch dann ging ein leises Tuscheln durch die Reihe der Anwesenden. Alle waren sie da. Alle? Nein, einer fehlte in der Menge. Klar Achille, aber noch jemand fehlte. Waldemar Meier!

12

Tignale, Samstagnachmittag / Samstagabend

Luigi Schifferle hatte endlich mit Botatzi sprechen können. Es war ein kurzes Gespräch gewesen. Die Verbindung wurde zweimal unterbrochen als der Wagen in die Tunnel fuhr. Daraufhin hatte Botatzi beim letzten Versuch vor der Einfahrt in einen weiteren Tunnel nur kurz gesagt, dass er in Tignale vorbeischauen wolle.

Luigi musste an die frische Luft. Er trank seinen Kaffee aus, stellte den alten Laptop beiseite und ging ins Bad. Kurz darauf kam er fertig gestylt heraus.

Er wohnte noch immer in der kleinen Wohnung, die er angemietet hatte als er ausgewandert war. Es gab zwar immer mal wieder kleinere Probleme. Mal war es die Wasserleitung im Bad, mal der Stromanschluss im Wohnzimmer oder das Kabel für den Fernsehempfang oder aber die Gaszufuhr des Herdes. Jedes Mal hatte er endlose Diskussionen mit seinem Vermieter. Und immer wieder war er kurz davor sich etwas Neues zu suchen. Aber irgendwie fühlte er sich wohl in dieser kleinen Wohnung mit all ihren Macken. Und er hatte seinen Vermieter trotz der ganzen Probleme und Diskussionen irgendwie ins Herz geschlossen. Vielleicht war es auch mehr eine Hassliebe, aber eine die es Wert war zu bleiben.

Luigi verließ die Wohnung. Bis zu seinem Restaurant waren es nur etwa zehn Minuten zu Fuß. Er ging durch die schmalen Gassen. Unterwegs kamen ihm nicht viele Leute entgegen. Nur ein paar Einheimische, die er freundlich grüßte.

Man kannte ihn mittlerweile. Für viele war er nur der „schwäbelnde Italiener mit dem Imbiss um die Ecke". Aber es war viel mehr als ein Imbiss. Es war eine kleine Goldgrube, es war sein Traum vom Restaurant in Bella Italia.

Beim Versuch die Straße zu überqueren, trat er in einen Hundehaufen. Dieser musste gerade erst dort hinterlassen worden sein, denn er war weich. Luigi rutschte aus, verlor das Gleichgewicht und fiel, mit seinem Hinterteil natürlich zuerst auf den restlichen Hundehaufen.

„Herrgott nochmal. So eine Scheiße! Welcher verdammte Köter hat hier sein Geschäft hinterlassen? Und welcher Hundehalter war nicht in der Lage, das hinterlassene mitzunehmen!", fluchte und schimpfte Luigi.

Er stand auf und ging wutentbrannt wieder zurück zur Wohnung. Zwanzig Minuten später überquerte er an gleicher Stelle nochmals die Straße. Diesmal jedoch ohne auf einem Hundehaufen auszurutschen.

Er schaute in seinem Restaurant vorbei. Drei Tische waren momentan belegt. Eine Familie, sowie zwei ältere Paare hatten gerade gegessen. Er grüßte die Anwesenden und verschwand in der Küche. Dort waren Rafaele und Michele gerade damit beschäftigt, Vorbereitungen für das Abendgeschäft zu treffen.

Die beiden arbeiteten bereits seit Beginn an in seiner Küche. Sie hatten von Anfang an Luigis Rezepte so umgesetzt, wie er es haben wollte.

Außer diese beiden in der Küche hatte Luigi noch Maria am Tresen, sowie Guiletta und Andrea im Service.

Abends war meist nur mit Reservierung ein Tisch zu bekommen. Manchmal ging es auch ohne, jedoch war dann mit Wartezeit zu rechnen. Diese konnte gerne mal bis zu einer Stunde und mehr betragen. Trotzdem gab es oft Gäste, die diese Zeit in Kauf nahmen.

Auch an diesem Abend waren wieder alle Tische bereits reserviert und vergeben.

Etwa zwei Stunden später, gegen 18:00 Uhr, waren dann auch alle belegt. Alle Gäste waren mal wieder überpünktlich erschienen und fast jeder hatte nicht nur eine Hauptspeise geordert, sondern auch gleich noch eine Vorspeise. Damit rechnete das Restaurant zwar immer, trotzdem war es immer eine Herausforderung, wenn gleichzeitig alle Tische belegt waren und natürlich auch alles in der Zeit fertig sein musste, so dass niemand am Tisch warten musste, während der andere bereits sein Essen hatte.

„Rafaele, Michele! Tavola 3 + 4. Due Insalata Mista e due Pomodore e cipolla pronto!"

Zwei Stunden später war der Ansturm vorbei. Die meisten Tische waren frei und die noch anwesenden Gäste waren satt und zufrieden.

Luigi saß in einer Ecke des Restaurants an einem der Tische. Er hatte ein Panini und ein Glas Rotwein vor sich. Gedankenverloren schaute er ins leere.

Seinen freien Samstag verbrachte er mal wieder in seinem Restaurant, wenn auch als Gast. Die restlichen noch kommenden Gäste würden kein Problem mehr sein für seine Angestellten.

„Ciao Signore Schifferle!", wurde Luigi aus seinen Gedanken gerissen.

Er blickte auf. Vor ihm stand Commissario Stefano Botatzi.

„Ciao Commissario!"

„Darf ich mich setzen?", fragte er und deutete auf den freien Platz.

Luigi nickte und biss in sein Panini.

„Haben sie schon was gegessen?", fragte Luigi mit vollem Mund.

Botatzi winkte ab. Andrea kam an den Tisch und sah den Commissario fragend an.

„Vino Rosso prego."

Andrea nickte und verschwand wieder.

„Nun Signore Schifferle. Sie wollten mich sprechen. Wie kann ihnen die Polizia behilflich sein?"

Luigi kaute noch immer an seinem Panini. Er schaute den Commissario an.

„Nun Commissario… Ich… Ich habe da heute was in den Nachrichten gehört was mich beunruhigt hat.", fing Luigi immer noch kauend an.

„Und das wäre?"

Andrea brachte den Vino Rosso. Luigi hielt inne und wartete bis sein Kellner wieder weg war.

„Nun, die Nachricht über die beiden aufgefundenen Leichen in Limone. Ich musste direkt an die Vorfälle vom letzten…"

„Sie sehen Gespenster Signore Schifferle.", unterbrach ihn der Commissario.

„Ich sehe keine Gespenster. Ich habe da so ein Gefühl. Ich war selbst lange in dieser Branche tätig und…"

„Wie sie bereits sagten, waren sie.", unterbrach ihn wieder Botatzi.

„Jetzt unterbrechen Sie mich doch nicht ständig Commissario. Ich habe gleich nach der Meldung die alten Unterlagen im Internet hochgeladen. Ich werde das Gefühl nicht los das die Organisation doch noch existieren könnte."

Botatzi schaute Luigi an. Er nahm sein Glas prostete ihm wortlos zu und nahm erst einmal einen Schluck.

„Nun Signore Schifferle. Ich war selbst vor Ort heute. Im Moment deutet nichts darauf hin. Tote gibt es immer wieder mal…"

„Aber nicht hier. Nicht am Gardasee. Und nicht so.", unterbrach jetzt Luigi den Commissario.

„Also gut. Vielleicht haben Sie nicht so ganz Unrecht! Es gibt da ein paar Indizien, die…", fing Botatzi an, hielt aber dann inne.

„Welche Indizien?", wollte Luigi wissen.

Der Commissario schwieg und nippte ein weiteres Mal an seinem Glas Wein.

„Ein sehr guter Tropfen."

„Lenken Sie nicht ab Commissario."

„Die Toten sind in der Gerichtsmedizin. Wir haben die Identität noch nicht klären können. Es ist ein bisschen schwierig. Zudem haben wir ein weißes Pulver, sowie einen Brief in Albanischer Sprache bei den Opfern gefunden. Mein Sergente hat den Brief bereits zum Übersetzen in die Questura gebracht. Das Pulver wird ebenfalls zur Stunde untersucht. Mehr haben wir zum jetzigen Zeitpunkt wirklich noch nicht.", schloss Botatzi seine Ausführungen.

„Aber, auch ich hege den Verdacht, dass da was auf uns zukommt, was wir glaubten erledigt zu haben!", fügte er noch kleinlaut hinterher.

Luigi nahm einen kräftigen Schluck von seinem Wein und winkte Andrea.

„Grappa di Prosecco, Andrea, prego."

"Una?", fragte er und blickte zu Botatzi.

„La bottiglia e due bicchieri.", antwortete Luigi trocken.

Andrea nickte nur und verschwand wieder um gleich darauf mit der Flasche Grappa, sowie zwei Gläsern zurückzukommen.

Botatzi schaute auf die Flasche. Es war einer der sehr guten Sorten.

„Das ist keiner, um seinen Kummer zu ertränken. So einen nimmt man eigentlich, um auf etwas Besonderes anzustoßen oder aber um mit Freunden einfach nur einen guten Tropfen zu genießen.", folgerte Botatzi.

„Dann tun wir das Commissario.", erwiderte Luigi und goss ein.

„Erst auf was Besonderes! Auf das was da kommen mag und dass wir da auch wieder einmal heil heraus-kommen!"

„Salute!"

Beide stießen an. Luigi schenkte nach.

„Und dann natürlich auf die Freundschaft. Ich bin der Luigi, Herr Commissario!"

„Ich bin Stefano, Herr Schifferle!"

„Luigi!"

„Stefano!"

„Aber das mit dem Kuss sparen wir uns!", schob Botatzi grinsend hinterher.

Luigi nickte, grinste ebenfalls und kippte den Grappa in einem Zug hinunter.

13
Residence Villa Rosa, Garda, Abends

Der Tag neigte sich auch im Süden langsam dem Ende. Die Sonne war im Begriff unterzugehen. Nur noch wenige Minuten, dann sollte sie glutrot hinter den Hügeln des Westufers verschwinden.

In der Residence Villa Rosa herrschte immer noch eine gedrückte Stimmung. Achille war immer noch verschwunden. Paolo hatte aus Vorsicht bereits das Tor der Anlage geschlossen. Es war zwar nicht sicher ob Achille womöglich die Anlage verlassen hatte, aber ebenso könnte er noch irgendwo auf dem Gelände sein. Die Chancen dazu standen 50/50.

Sollte er außerhalb sein, war es mit der einsetzenden Dunkelheit sowieso sehr schwierig den Hund noch zu finden. Sollte er auf dem Gelände sein, gab es normalerweise genug Möglichkeiten, wo er Unterschlupf finden würde.

Am besten für ihn und natürlich alle anderen wäre aber er würde einfach nur Bellen.

Vor dem Kyosk One waren nur wenige Tische besetzt. Die meisten Gäste waren entweder in ihren Apartments oder hatten sich auf den Weg zum Ufer gemacht, um den Sonnenuntergang zu genießen. Das ging zwar auch von der Anlage aus, dafür musste man aber eine der Wohnungen in den oberen Stockwerken bewohnen. Das dies zwangsläufig nicht jedem vergönnt war, hatte ein Großteil der Gäste direkt den Weg zur Promenade nach Garda eingeschlagen.

Die Polizia hatte ebenfalls erst vor wenigen Minuten die Anlage verlassen. Erst hatte man nur die Polizia Locale gesandt. Nachdem diese aber die Blutspuren sah, wurde auch die Polizia hinzugezogen.

Es wurden Bilder gemacht und auch Proben der Blutflecke genommen. Paolo versuchte auch in diesem Zusammenhang den Verlust seines Hundes anzuzeigen. Hier wurde er allerdings enttäuscht. Achille war erst wenige Stunden verschwunden. Da es hier nur ein Tier war, hatte man ihm gesagt, dass er frühestens nach 48 Stunden eine Vermisstenanzeige stellen könnte. Gleichzeitig machte man ihm aber auch wenig Hoffnung das sein Hund, sollte er wirklich verschwunden sein, jemals wieder auftauchen würde. Und wenn, das schob man gleich hinterher, in den meisten Fällen nicht lebend.

Yvonne und Valeria waren weiterhin im Kyosk One. Paolo hatte sich bereits verabschiedet und war in die gemeinsame Wohnung gegangen. Ihm war im Augenblick nicht nach Gesellschaft.

An einem der Tische saß Martina Knubbe. Sie hatte ihren farbenfrohen Badeanzug gegen ein weites schwarz-weißes Kleid getauscht. Das Essen hatte sie gerade beendet. Es gab einen Salat, Nudeln und Pizza. Nun schaute sie in ihr leeres Glas, was bis vor wenigen Minuten noch gefüllt war mit einem Weißwein. Sie winkte Yvonne.

„Ein Glas Wein bitte noch."

„Si, grazie.", nahm Yvonne die Bestellung entgegen.

Kurz darauf kam Valeria auch schon mit dem Glas Wein und einer Portion selbstgemachter Tiramisu alla Yvonne. Die Augen von Martina funkelten. Der passte irgendwie noch hinein. Egal wie.

„Grazie mille.", entgegnete sie freudestrahlend.

In der anderen Ecke hatten es sich Gudrun und Friedhelm Muckel bequem gemacht. Sie hatten noch nicht gegessen. Beide studierten deshalb noch die Karte.

„Was nimmst du denn Friedhelm?", wollte Gudrun wissen die noch unschlüssig war.

„Ich kann mich nicht entscheiden. Es hört sich alles so lecker an."

Yvonne kam und brachte die Getränke. Friedhelm hatte ein Bier und Gudrun einen Hugo.

„Wisst ihr schon was ihr möchtet?"

Beide nickten etwas zögerlich.

„Ich nehme den Caprese und die Pasta del giorno!", entgegnete Gudrun.

„Sehr gute Wahl. Heute Tagliatelle al Rague alla Bolognese.", führte Yvonne aus.

„Una Insalata Mista e Pizza Buffalina prego.", bestellte Friedhelm ganz professionell.

„Si, grazie mille.", nahm Yvonne auch diese Bestellung auf und verschwand wieder hinter der Theke.

„Es ist traumhaft hier, findest du nicht auch Friedhelm?"

„Ein bisschen warm finde ich. In Tignale war es wesentlich angenehmer.", bremste Friedhelm ihre Euphorie.

„Ja, ich weiß. Wenn wir jetzt in Wanne-Eickel wären, hättest du auch was auszusetzen.", entgegnete sie und verdrehte die Augen.

Friedhelm verzichtete auf eine weitere Antwort. Er wusste wie diese Diskussionen meist endeten. Darauf hatte er keine Lust und beließ es dabei.

Ein alter Ford Mondeo fuhr auf das Gelände. Kurz darauf parkte er auf einem der Parkplätze. Waldemar Meier stieg aus. Er streckte sich und schaute sich um. Sein Blick streifte über den Pool bis zum Kyosk One. Er verharrte einen Augenblick und verschwand dann aber umgehend im Gebäude. Kurz darauf ging das Licht in seinem Apartment an. Davon bekamen die anderen aber nichts mit. Keinen interessierte es.

Mandy Böll und Kevin-Enrico Klimowitcz bogen um die Ecke. Auch sie wollten zum Kyosk One. Sie nahmen unmittelbar neben Gudrun und Friedhelm am Tisch Platz. Friedhelm schaute belustigt hin und dachte an den Vorfall am Nachmittag. Er musste innerlich grinsen.

Gudrun drehte sich zu Mandy und Kevin-Enrico um.

„Guten Abend. Habt ihr euch gut eingelebt hier? Ihr seid doch auch heute angereist?"

Kevin Enrico nickte nur, wie immer. Aus Friedhelms innerlichem grinsen, wurde ein innerlicher Lachflash.

„Ja, wir sind glaube ich kurz vor euch angekommen. Es ist traumhaft hier. Wir haben erst einmal ausgepackt und ein wenig gechillt nach der langen Fahrt.", erzählte Mandy.

Friedhelm hatte jetzt sichtlich Probleme nur noch innerlich zu lachen.

„Gechillt? Also wenn das das heutige Chillen ist, dann möchte ich nicht wissen was bei denen der Tod ist! Die haben doch den Matratzenbelastungstest der Stiftung Warentest durchgeführt!", dachte sich Friedhelm und grinste.

„Warum grinst du?", fragte Gudrun und schaute ihren Mann fragend an.

Friedhelm zuckte zusammen.

„Ni… niu… nur so. Einfach nur so. Ich musste an was lustiges denken!", stotterte Friedhelm.

„Ach so. Ja, wir hatten auch nur noch ausgepackt und waren dann noch kurz in Costermano einkaufen. Da gibt es einen großen Supermarkt. Wir wollen morgen mal nach Garda. Wir waren im letzten Jahr in Tignale im Urlaub. Der Süden ist schon anders. Wärmer, belebter, noch mediteraner. Ich… Wir sind gespannt auf die Zeit hier!", erzählte Gudrun ganz euphorisch.

Zwanzig Minuten später herrschte an den beiden Tischen eine ausgelassene Stimmung. Gudrun und Mandy waren sehr gut ins Gespräch gekommen. Kevin-Enrico und Friedhelm ebenfalls. Kevin-Enrico saß stumm auf seinem Stuhl. Friedhelm war mit seinem Handy beschäftigt.

Sie hatten ihre Vorspeisen geschafft und waren eigentlich schon satt. Keiner von ihnen konnte ahnen das Yvonnes Vorspeisen einen Hauptspeisencharakter haben würden. Und da war auch schon Valeria und brachte die Hauptgänge. Nudeln und Pizza.

Für einen kleinen Moment war Ruhe. Alle waren jetzt damit beschäftigt Pizza und Pasta in den wenig übriggebliebenen Platz im Magen zu zwängen.

„Oh man ich platze gleich. Das sind ja riesige Portionen!", sagte Friedhelm mit vollem Mund.

Alle anderen nickten nur und kauten eifrig weiter.

Aber nicht nur Friedhelm hatte zu kämpfen. Auch die anderen konnten langsam nicht mehr. Die Gabeln wurden immer leerer und das Kauen dauerte immer länger.

Aber nach gefühlten zwei Stunden hatten alle ihr Essen mehr oder weniger geschafft.

„Yvonne quattro Grappa per favore!", bestellte Gudrun mit letzter Kraft.

„Si, grazie. Bringe ich sofort."

„Mir bitte noch einen Gin Tonic.", rief Kevin-Enrico.

Es war der erste Satz, seit der Bestellung des Essens, den Kevin-Enrico an diesem Abend sagte.

„Welchen möchtest du? Wir haben verschieden Gin. Garda Gin. Bulldog. Gordon…"

„…den ersten bitte!", unterbrach Kevin-Enrico.

„Si, grazie.", antwortete Yvonne.

Kevin-Enrico haute jetzt alles raus. Zwei komplette Sätze. In den letzten zwei Minuten hatte er mehr geredet als den ganzen Abend. Ja vielleicht sogar mehr als den ganzen Tag, wenn da nicht die Sache im Apartment gewesen wäre.

Nach weiteren zwei Runden Grappa, Gin Tonic, Bier und Hugo war dann auch die nötige Bettschwere erreicht. Die Muckels und Böll-Klimowitcz verabschiedeten sich und so verschwanden sie ohne weitere Worte in ihren Apartments. In der Residence war es still geworden, sehr still.

14
Garda, Sonntagmorgen

Es war ein traumhafter Morgen. Die Sonne war ohne eine einzige Wolke am Himmel aufgegangen. Die letzte Nacht war sternenklar gewesen. Am ganzen südlichen See war nicht eine Wolke am Himmel gewesen und man konnte die schönsten Sternenbilder entdecken. Der Mond hatte zudem, wie bereits in den Nächten zuvor, den See in einem mystischen Licht erstrahlen lassen. Langsam, ganz langsam erwachte wieder alles. Die letzten Fischerboote waren vor knapp einer Stunde in den Hafen eingelaufen. Die Vollmondnächte waren immer sehr ergiebig und die Fischer kehrten nie ohne Fang in den Hafen zurück.
Die Straßen und Gassen waren noch leer. Nur wenige Autos und Einheimische waren unterwegs. Urlauber traf man um diese Zeit noch nicht auf der Straße. Sie schliefen noch friedlich in ihren Betten und träumten vom La Dolce Vita in Bella Italia.
Das würde sich aber in den kommenden Stunden ändern. Sonntage waren immer sehr voll am See. Da kamen meist die Einheimischen aus den Städten und verbrachten ein paar schöne Stunden am Wasser und in den Gassen der vielen kleinen Orte.
Auf dem Parkplatz in unmittelbarer Nähe des Ristorante Da Tinto parkte der schwarze SUV, der tags zuvor noch in einem Waldstück im Grenzgebiet von Österreich und der Slowakei das tödliche Zusammen-

treffen mit einem Lada Niva hatte. Das Fahrzeug war verlassen. Die Insassen nicht da. Der Motor aber war noch warm.

Das Fahrzeug stach unter all den anderen Fahrzeugen hervor. Es war kein typisches italienisches Auto.

Jedenfalls nicht hier am See. Solche Fahrzeuge waren eher selten. Und wenn sie mal entlang der Gardesana fuhren, dann meist mit ausländischem Kennzeichen. So wie auch bei diesem.

Auch in der Residence Villa Rosa erwachte so langsam der Tag. Paolo hatte sehr schlecht geschlafen. Immer wieder hatte er an Achille denken müssen, war mehrmals wach gewesen und hatte sich immer wieder im Bett gedreht.

Aber alles half nichts. Die Residence war fast ausgebucht und „The Show must go on". Er stand auf und ging rasch unter die Dusche. Zehn Minuten später, nach einem Espresso aus seinem Bialetti-Espressokocher, machte er sich auf dem Weg nach draußen. Der Poolbereich musste vorbereitet werden.

Der Wetterbericht hatte perfektes Poolwetter vorausgesagt. In wenigen Stunden würden viele seiner Gäste am Pool liegen.

Er ging durch den schmalen Durchgang, der zwischen seinem Haus und dem Haupthaus lag und kam am oberen Teil des Pools raus. Sein erster Gang war zu Osvaldo und seinem Büro. Paolo schloss auf und ging kurz hinein. Kurz darauf kam er mit einem Eimer wieder raus. Er wollte erst einmal den PH-Wert des Wassers kontrollieren, da er das am gestrigen Abend nicht getan hatte. Normalerweise war das immer eines der letzten Aufgaben, die Paolo am Abend erledigte.

Er ging mit dem Eimer und dem Messbecher an den Pool. Am Kinderbecken fing er an. Ohne den Blick vom Boden abzuwenden, ging er langsam am Rand entlang und kippte seine Mischung ins Wasser.

Sein Blick wanderte immer zwischen Beckenrand, Eimer und Wasser. Als Paolo an der oberen Ecke ankam und sein Blick ins Wasser ging war etwas anders.

Das Wasser war rot. Er hob den Kopf und blickte sich um. Durch das Becken zog sich ein roter Teppich. Paolo folgte dem Teppich und stieß auf einen leblosen, im Wasser treibenden Körper der mittig im Pool trieb.

Im gleichen Augenblick ertönte eine grelle Stimme von einem der Balkone. Der Schrei verstummte. Es folgte ein dumpfer Aufprall. Die Person auf dem Balkon hatte das Bewusstsein verloren.

Paolo war überfordert. Was sollte er zuerst tun. Im Pool war der leblose Körper. Das Wasser war durchzogen von einem roten Blutteppich. Wer es war konnte er gerade nicht erkennen. Die Person trieb mit dem Gesicht nach unten. Was er jedoch ausschließen konnte, es war niemand von seiner Familie.

Irgendwo in einem Gebäude vor ihm war ein Gast ohnmächtig geworden. Er konnte nur nicht sehen wo.

Immer mehr Gäste drängten sich nun auf die Balkone oder Zugänge der Apartments und schauten auf den Pool. Manche von ihnen weinten, andere wiederrum unterhielten sich leise.

„Wer ist es?"

„Ist die Person tot?"

„Weis jemand wer das ist?"

„Ist es ein hiesiger Gast?"

„Vielleicht ein Einbrecher!"

Das waren nur einige der Fragen und Wortfetzten, die Paolo am Pool mitbekam. Er stand noch immer versteinert da und blickte auf den sich langsam bewegenden Körper der wie ferngesteuert durch den Pool trieb.

Ihm wurde schlecht. Er stellte den Eimer ab und hielt sich an einen der Liegen fest. Vom Parkplatz her näherten sich Valeria, Barbara und Yvonne.

„Fermare. Non avvicinarti più. Chiarma la Polizia!", rief er zu den Frauen rüber.

„Cosa è successo?", rief Valeria.

„Uno morto?", antwortete Paolo.

Die drei Frauen wurden kreidebleich. Valeria und Barbara schlugen die Hände vor das Gesicht. Yvonne holte ihr Handy aus der Gesäßtasche und wählte die Nummer der Polizia.

Etwa zehn Minuten später stand ein Großaufgebot an Polizeiwagen vor und in der Residence Villa Rosa.

Ein Großteil der Via della Pace war abgesperrt. Ein Polizeihubschrauber näherte sich ebenfalls von der

anderen Uferseite und kreise wenig später großräumig über dem Gebiet. Mittlerweile waren alle
Gäste versammelt auf dem Parkplatz. Schnell war
klar, dass einer nicht anwesend war. Waldemar Meier!
Wobei nicht anwesend die falsche Bezeichnung war.
Er war ja da, aber halt nicht auf dem Parkplatz. Er war
die treibende Kraft, die Leiche im Pool.

Polizisten hatten die Leiche mittlerweile geborgen und
an den Beckenrand gezogen. Dort lag Waldemar
Meier nun. Bekleidet mit kurzer Hose und T-Shirt.
Der Körper war bereits blau und aufgedunsen. Die
Augen offen und nichtssagend. Die Kehle war
durchtrennt, was den blutroten Teppich im Pool
erklärte.

Vor wenigen Minuten war der Pathologe Dottore
Hugo Biassini aus Verona eingetroffen. Er untersuchte die Leiche grob und stellte für den Transport in
die Rechtsmedizin nach Verona den Totenschein aus.
Er veranlasste das der Leichnam schnellstmöglich abtransportiert wurde.

Die Spurensicherung nahm eine Probe des Wassers,
und untersuchte die Fliesen rund um den Pool. Der
komplette Poolbereich wurde bis auf weiteres abgesperrt. Ein weiteres Team war damit beschäftigt
Bilder der Leiche, sowie des Pools und der Anlage zu
machen. Überall standen kleine Markierungsschilder
am Boden. Jedes dieser Schilder stand für einen
Beweispunkt.

„Wir müssten das Apartment des Gastes sehen! Welches Apartment bewohnte er?", fragte einer der Beamten Paolo.

Paolo deutete nur mit dem Kopf in die Richtung. Er war fix und fertig. Barbara nahm die Beamten mit und brachte sie zu dem Apartment.

„Signore e Signori. Keiner verlässt bis auf weiteres die Anlage. Bitte gehen sie in ihre Apartments. Meine Kollegen werden zu ihnen kommen und die Personalien aufnehmen. Wir werden all ihre Fragen beantworten, wenn sie all uns unsere Fragen beantworten!", sagte ein älterer Beamter in Uniform.

Leise und ohne durcheinander gingen alle zu ihren Apartments.

Auch Gudrun und Friedhelm Muckel, sowie Martina Knubbe und Mandy Böll mit ihrem Kevin-Enrico gingen wieder in ihr Apartment. Die Gäste der Residence verschwanden jetzt alle nach und nach vom Parkplatz. Wenige Minuten später standen alle auf ihren Balkonen und beobachteten das Geschehen still von oben herab.

Sergente di Gallo war mittlerweile ohne Commissario Stefano Botatzi, ebenfalls am Tatort angekommen. Er hatte, nachdem sie informiert wurden, mehrmals versucht den Commissario zu erreichen. Jedoch ging dieser nicht an sein Mobiltelefon. So hatte di Gallo entschieden, erst einmal allein nach Garda zu fahren.

„Buon giorno Dottore Biassini, können sie schon was sagen? Gibt es schon Informationen zum Todeszeitpunkt und der genauen Ursache?", begrüßte di Gallo den Mediziner.

„Ciao di Gallo. Heute mal ohne den Commissario? Oder läuft er hier irgendwo rum?", antwortete der Dottore.

„Der Commissario ist... er kommt nach!", antwortete di Gallo kurz.

Dottore Biassini nickte nur.

„Also zu dem Leichnam kann ich leider im Moment noch nicht viel sagen. Ich lasse ihn nach Verona überführen. Todeszeitpunkt ist schwer zu sagen, da die Leiche aufgequollen ist und im Wasser lag. Aber gut möglich das er bereits ein paar Stunden tot ist. Genaueres später. Todesursache sicherlich die durchtrennte Kehle. Alles weitere steht dann in meinem Bericht.", führte Dottore Biassini aus.

Di Gallo nickte und der Dottore machte Anstalten zu gehen. Er blieb jedoch noch einmal kurz stehen und drehte sich um.

„Ach di Gallo sagen sie dem Commissario einen schönen Gruß. Ich würde mich freuen, wenn er sich mal wieder blicken lassen würde, wenn das sein Terminkalender hergibt.", sagte der Dottore noch und verließ dann den Tatort.

Di Gallo nickte und hob die Hand zum Abschied. Dann ging er auf Paolo zu. Der saß noch immer anteilnahmslos auf einer der Liegen und schüttelte immer wieder den Kopf.

„Signore...?"

„Bertamè, Paolo Bertamè. Ich bin der Eigentümer der Residence Villa Rosa.", stellte sich Paolo vor, ohne di Gallo anzuschauen.

„Signore Bertamè, ich müsste ihnen ein paar Fragen stellen. Können wir irgendwo ungestört sprechen?", sagte di Gallo ruhig.

Paolo nickte und stand auf.

„Si, folgen sie mir Signore…?"

„Sergente di Gallo."

Die beiden Männer verschwanden kurz darauf im Büro.

Trotz des ganzen Trubels der zu diesem Zeitpunkt in der Residence Villa Rosa herrschte, blieb Achille der Rezeptionshund weiterhin verschwunden. Niemand hatte in den letzten Minuten Zeit gehabt an ihn zu denken.

15
Bericht der Gerichtsmedizin Verona

Ein Kurier des Krankenhauses Hospital Borgo Roma in Verona ging schnellen Schrittes die Stufen zur Questura hinauf. In seinen Händen hielt er einen dicken Umschlag. Die Pathologie des Krankenhauses hatte die ersten Untersuchungen und Ergebnisse zu dem Leichenfund auf der Yacht im Hafen von Limone. Diesen hatte die Vice-Questore Dottoressa Susanna Luca nur kurz nach Bekanntwerden des Vorfalles in Limone mit Nachdruck bei der zuständigen Pathologie angefordert.

Nur wenige Minuten nachdem der Kurier den Umschlag an der Pforte abgegeben hatte, lag er auf ihrem Schreibtisch im zweiten Stock.

Dottoressa Susanna Luca war schon ein etwas älteres Semester, versuchte aber durch Mithilfe von verschiedenen Kosmetika und der Auswahl ihrer Kleidung an der Uhr des Lebens zu drehen. Leider gelang ihr dies oftmals nicht. Entweder sie hatte es zu gut gemeint mit dem Auftragen von Puder und Lippenstift, oder die Wahl ihrer Kleider war etwas zu gewagt.

An diesem Tag hatte sie mal wieder aus dem vollem geschöpft. Sowohl die Kosmetika als auch das Outfit waren mehr als gewagt und sehr übertrieben.

Susanna Luca saß vor dem verschlossenen Umschlag der Pathologie und starrte ihn an. Es machte fast den

Anschein, als würde sie darauf warten, dass er sich von allein öffnen und vor ihr ausbreiten würde.

Da dies nicht der Fall war, nahm sie es selbst in die Hand und riss den Umschlag am oberen Ende der Länge nach auf. Sie zog die Papiere hinaus und legte sie vor sich. Dann fing sie an den Bericht zu lesen. Was sie allerdings auf den folgenden knapp 25 Seiten erfuhr, war mehr als widerlich.

Bei den beiden Toten handelte es sich nach ersten Erkenntnissen um eine Frau und einen Mann. Da beide Personen nur mäßig bekleidet waren, konnte man das Geschlecht zweifelsfrei bestätigen.

Bei der Frau handelte es sich um eine etwa 40-45 jährige Europäerin, vermutlich Osteuropäerin. Sie war schlank, hatte brünettes Haar und war tätowiert gewesen, an der Schulter und dem rechten Arm, im Bereich der Hüfte und des Genitalbereiches, sowie am Oberschenkel. Die Motive waren überwiegend schwarz-weis und zeigten neben Rosenmotiven noch Totenköpfte und Schriftzeichen. Außerdem hatte sie noch mehrere Piercings am ganzen Körper. Sie hatte eine lange Schnittwunde, die vom Brustbein bis zum Bauchnabel ging. Innere Organe waren aufgrund des Schnittes bereits aus der Bauchhöhle herausgetreten. Die Verletzung deutete darauf hin, dass sie innerhalb kürzester Zeit verblutet sein musste. Jedenfalls hatte der Anteil des Blutes in ihrem Körper nur noch etwa 60 % betragen. Aber auch ohne den hohen Blutverlust wäre sie an den Verletzungen, die die Schnittwunde mit den inneren Organen angestellt hatte, vermutlich gestorben. In ihrem Blut wurden zudem Reste von Drogen und Medikamenten gefunden. Ob sie diese selbst eingenommen hatte, oder eventuell verabreicht bekam, wird derzeit noch geprüft. Die Proben wurden zum toxikologischen Institut gegeben.

Der Mann, der ebenfalls in der Yacht gefunden wurde, war zwischen 50-55 Jahre alt. Er hatte graumeliertes Haar und eine Halbglatze. Auch er war nach ersten Erkenntnissen Osteuropäer. Sein Körper war durchtrainiert und für sein Alter erstaunlich gut in Form gewesen. Er hatte ebenfalls mehrere Tätowierungen am Körper, die aber alle im oberen Körperbereich an Armen, Brust und Rücken angebracht waren. Die Motive waren alle schwarzweis. Es waren meist Schriftzüge in Kyrillischer Schrift, sowie Tribals in verschiedenen Formen.

Er hatte eine Schnittwunde zwischen Hals und Schulter. Diese Wunde war sehr tief und reichte bis zum linken Lungenflügel. Zudem hatte er eine Schussverletzung im Bauchraum, sowie am Kopf. Letztere scheint zugefügt worden zu sein, als er bereits tot war. Nach ersten Erkenntnissen war die Schnittwunde bereits tödlich. Die Schußwunden, zumindest die zweite in den Kopf, unterstrich die Vermutung das es sich in diesem Fall, wie auch schon bei der Frau um eine Hinrichtung handelte.

Alle zugefügten Verletzungen bei der Frau, wie auch bei dem Mann, waren alle auf ihre Art tödlich.

An beiden Personen wurden zudem noch nicht identifizierte DNA-Spuren sichergestellt. Sie werden derzeit intern abgeglichen. Sollte es zu keinem Ergebnis führen, werden die DNA-Spuren in die internationale Datenbank bei Europol eingespeist. Ebenso werden derzeit noch sichergestellte Gegenstände aus der Yacht weiteren Untersuchungen unterzogen. Hier wurden zuvor menschliche Spuren sichergestellt in Form von Hautschuppen und Haaren, weshalb diese Gegenstände derzeit ebenfalls in der Gerichtsmedizin lagern und untersucht werden.

Manche Passagen las Dottoressa Susanna Luca mehrmals. Bei zwei musste sie zudem mehrmals laut würgen. Sie hatte bereits zum Papierkorb gegriffen, konnte sich in letzter Sekunde aber noch beherrschen.

Angewidert und hundeelend legte sie den Bericht auf Seite und ging zum Fenster. Sie öffnete es und zog die Luft laut schnaufend ein. Sie schloss die Augen, musste sie aber sogleich wieder öffnen. Sie hatte die Bilder der beiden Leichen im Kopf. Wieder musste sie würgen.

Sie schloss das Fenster, ging an ihren Platz zurück und wählte die Nummer von Botatzi.

16
Grenzregion Österreich-Slowakei

Der Regen hatte irgendwann in der vergangenen Nacht aufgehört. Der Himmel in der Grenzregion bei Marchegg im österreichischen Teil und Vysoká pri Morave im slowakischen Teil erschien an diesem Morgen in einem kräftigen blau. Nichts deutete mehr auf den Regen der vergangenen Tage hin. Nur noch die vereinzelten Pfützen auf dem Waldboden ließen erahnen, dass es mal geregnet haben musste. Die Vögel zwitscherten und die Sonne strahlte durch die dichten Baumwipfel auf den Waldboden.

Der Lada Niva war vollkommen ausgebrannt. Ein beißender Geruch und eine kaum noch sichtbare Rauchsäule lagen in der Luft. Der Wagen war nur noch ein einziger metallischer Haufen. Die Insassen waren bis auf die Skelette verbrannt.

Ein Beagle näherte sich schnüffelnd und blieb wenige Meter davor stehen. Er rümpfte die Nase und fing an zu Bellen. Aus dem Wald heraus näherte sich ein älteres Ehepaar. Sie waren die Besitzer des Beagles und standen jetzt ebenfalls wenige Meter entfernt vor dem rauchenden Metallberg, der mal ein Lada Niva war.

Die Frau schrie und ihr Mann rümpfte die Nase und musste sogleich würgen. Er übergab sich. Seine Frau taumelte und hatte Mühe auf den Beinen zu bleiben.

Sie war einer Ohnmacht deutlich näher als ihr Mann dem Baum, an dem er sich gerade übergab.

Der Beagle wedelte derweil mit dem Schwanz und lief aufgeregt zwischen dem Wrack und seinen Herrchen hin und her.

Gut zwanzig Minuten später war ein Großaufgebot mehrerer Fahrzeuge der österreichischen und slowakischen Polizei vor Ort. Der Tatort wurde bereits großräumig abgesperrt. Ein Krankenwagen war ebenfalls vor Ort und versorgte das ältere Ehepaar.

Die Spurensicherung hatte die ersten Beweise gesichert. Hinter der Absperrung standen mehrere Reporter von hiesigen Tageszeitungen. Es würde nicht mehr lange dauern und die ersten Fernsehsender würden ebenfalls ihre Reporter und Journalisten schicken.

Mehrere Leichenwagen standen bereits hinter der Absperrung und warteten auf ein Zeichen, das sie die sterblichen Überreste aus dem Wrack abtransportieren durften. Nach ersten Erkenntnissen müssen vier Personen im Fahrzeug gewesen sein. Da die Insassen bis auf die Knochen verbrannt waren, würde es vermutlich mehrere Tage, ja vielleicht Wochen brauchen, bis man sie identifiziert hatte.

Auf dem Waldboden hatte man bereits Patronenhülsen, sowie die Projektile gefunden, da die Leichen ja bis auf die Knochen verbrannt waren. Somit ging man hier sehr schnell von einem Verbrechen aus und nicht etwa einem Unfall.

Vom Fahrzeug selbst war nur noch das Metall übrig. Die Fahrgestellnummer wurde bereits über die Grenzen hinaus geprüft. Hier hoffte man noch vor Abtransport des Wracks auf eine erste Spur, sowie brauchbare Information.

Die beiden leitenden Beamten Major Anton Gruber von der österreichischen Polizei, sowie sein Kollege Kommissar Pawel Miliz von der slowakischen Seite hatten bereits mehrmals zusammengearbeitet. Sie trafen immer dann aufeinander, wenn es Zwischenfälle im Grenzgebiet gab. Das kam nicht allzu häufig vor, aber trotzdem kannte man sich und hatte auch regelmäßigen Kontakt.

So einen Fall jedoch hatten beide Beamten in ihrer Laufbahn noch nicht gehabt. So etwas, so dachten sie gäbe es nur in den Lehrbüchern auf der Polizeischule.

Das ältere Ehepaar wurde vorsichtshalber in ein nahegelegenes Krankenhaus gebracht. Bei beiden waren die Vitalwerte in den letzten Minuten so schlecht geworden, dass man sich dazu entschied beide zur Beobachtung in ein Krankenhaus zu bringen. Den Beagle nahmen sie, obwohl es nicht erlaubt war, ebenfalls mit. Man wollte vor Ort schauen, was mit dem Tier geschehen sollte, falls das Paar die Nacht zur Beobachtung im Krankenhaus verbringen musste.

Wie befürchtet waren in den letzten Minuten auch Reporter und Journalisten verschiedener Fernsehstationen vor Ort und versuchten in den abgesperrten

Bereich zu gelangen. Sie wurden aber derzeit noch von den dort abgestellten Beamten zurückgehalten.

Die Fahrzeuge des Bestattungsunternehmens wurden nun durchgelassen. Der Gerichtsmediziner war mit den ersten Untersuchen vor Ort fertig und wollte alles weitere in der Pathologie durchführen. Vor Ort war sowieso nichts mehr zu tun. Er packte bereits seine Koffer zusammen und winkte den Angestellten des Bestattungsunternehmens, die sich flink in Bewegung setzten.

Zeitgleich klingelten die Mobiltelefone von Anton Gruber und Pawel Miliz. Beide gingen ran. Das Telefonat war sehr kurz. Beide gingen aufeinander zu.

„Das Fahrzeug ist…", fing Anton Gruber an.

„…zugelassen auf einen Oleg Maria Poposjewitch!", vollendete Pawel Miliz den Satz.

„Er gehörte zur Organisation! Wenn der Gerichtsmediziner seine DNA aus dem Register mit denen der hier gefundenen Leichen vergleicht, könnte ich wetten, dass eine passen wird!", folgerte Anton Gruber.

„Das kann gut sein. Und sollte das Eintreffen und die Probe positiv sein, müssen wir Europol informieren!", sagte Pawel Miliz.

„Ich denke wir sollten nicht warten, bis wir das Ergebnis vorliegen haben, sondern sollten direkt eine Meldung an Europol geben das der dringende Verdacht besteht das es einen tödlichen Zwischenfall mit der Organisation gegeben hat.", schob Anton Gruber hinterher.

„Dann lass uns auch gleich eine Fahndung rausgeben. Irgendjemand muss diese Sauerei ja hier angestellt haben. Vielleicht war es nur ein Zufall, aber die Spuren eines weiteren Fahrzeuges im Waldboden, das verbrannte Fahrzeug, die verbrannten Leichen. All dies lässt doch auf etwas viel Größeres hindeuten. Wir sollten auf jeden Fall eine Meldung an Europol machen.", sagte Pawel Miliz noch.

Anton Gruber nickte zustimmend. Er und Pawel gingen zum Einsatzfahrzeug der österreichischen Polizei und gaben die Informationen unverzüglich an Europol weiter.

Knapp zwei Stunden später war die Lichtung wieder verlassen. Alle Spuren waren aufgenommen und katalogisiert, das Wrack wurde abtransportiert und man einigte sich das Wien die bessere Lösung war für die weiteren Untersuchungen.

Nichts deutete mehr auf den Vorfall hin, der vor wenigen Stunden an dieser Stelle passiert war.

Die Lichtung war wieder nur eine Lichtung in einem Wald im Grenzgebiet von Österreich und der Slowakei.

17
Tignale Gardola, Sonntagmorgen

Auch in Tignale begann der Tag mit ganz viel Sonnenschein. Auf dem Plateau auf dem Tignale lag, gab es eigentlich auch immer nur zwei Möglichkeiten. Entweder es war traumhaft schönes Wetter, oder alles versank im Nebel. Wenn es regnete, oder, was auch sehr selten vorkam, mal schneite, konnte man meist nicht mal bis zum nächsten Haus schauen.

An diesem Sonntagmorgen war aber traumhaft schönes Wetter. Die Sonne schien und es war keine Wolke am Himmel. Die Vögel sangen lauthals und auch die ersten Zikaden fingen bereits an laut zu zirpen.

Im Restaurant von Luigi Schifferle herrschte Ruhe. Es war wie jeden morgen geschlossen. Und doch war aus einer Ecke des Restaurants ein leises Schnarchen und Grunzen zu hören.

Die ersten Sonnenstrahlen drangen durch die Fenster und bohrten sich in die zwei Körper, die in der Ecke des Restaurants auf den Bänken lagen.

Luigi Schifferle und Stefano Botatzi hatten, nachdem sie auf das „Du" angestoßen hatten, zu tief ins Glas geblickt. Es floß jede Menge Wein, Grappa, Likör und Limoncello. Letzte beiden gab es zum Schluss, nachdem beide die Grappa Flasche geleert hatten und Luigi sich weigerte eine neue aufzumachen.

Da kam mal wieder das schwäbische in ihm durch.

„Laaasch us de Ligör un de Limonschello nähme.",
hatte er zu Botatzi gesagt.

Der hatte nur genickt und sein Glas hingehalten.

„Hascht du noch Vino Luigschi. Ich hätte gerne noch
einen Vino. Einen Roscho prego.", schob Botatzi
hinterher.

Luigi nickte und brachte auch gleich noch zwei
Flaschen Wein mit. Natürlich einen Roten. Luigi
liebte Rotwein. Ein Weißwein war auch mal in Ordnung, aber er bekam da gern mal ein Sodbrennen. Mit
Rotwein war das anders. Den konnte er trinken bis
zum Umfallen. Botatzi war da nicht anders. Auch er
bevorzugte mehr einen guten Roten.

Sie hatten es an diesem Abend tatsächlich noch
geschafft, die zwei Flaschen Rotwein zu leeren, sowie
den Likör und den Limonchello. Nun lagen sie, wie
bereits erwähnt in einer Ecke auf Bänken. Die Sonne
erfasste die beiden Körper. Schifferle und Botatzi
wurden zeitgleich wach und schreckten hoch. Ob es
nun daran lag, dass die Sonne vehement auf beide
einstrahlte oder ob es am immer lauter werdenden
schnarchen und grunzen der beiden lag, wussten wohl
nur sie.

Beide wurden wach und saßen kerzengerade auf der
Bank. Da sich in der Regel Rotwein, Grappa, Likör
und Limonchello, bei übermäßigem Verzehr nicht un-
bedingt vertrugen, machte sich sogleich auch ein
starkes Pochen in beiden Köpfen bemerkbar.

Botatzi und Schifferle stöhnten laut auf. Beide blickten sich aus schmalen, geschwollenen Augen an.

„Du siehst schlecht aus Commissario!", sagte Luigi.

„Und du… Mamma mia!", sagte Stefano nur.

Beide hielten sich den Kopf und rieben sich durch die geschwollenen Augen.

„Nie wieder Alkohol!", stöhnte Botatzi.

„Schön wärs!", konterte Schifferle.

Beide sanken wieder zurück auf die Bank. Ein leises Wimmern war jetzt zu hören. Das Wimmern kam von beiden. Momentan sah es wirklich danach aus, als sei „nie wieder Alkohol" die einzig wahre Option. Luigi erhob sich als erster. Er stand auf, wankte kurz und hielt sich am Tisch fest.

„Uiuiuiui!!! Das dreht sich aber noch ganz schön hier!", stellte er erschrocken fest.

Stefano Botatzi erhob sich jetzt ebenfalls und stand auf. Auch er wankte und hielt sich am Tisch fest.

„Merda! Was dreht sich die Erde so schnell!", fluchte Botatzi.

„Ich mach uns einen Kaffee. Oder besser, ich versuche es.", sagte Luigi und wankte in Richtung des Tresen.

Ein lautes Schrubben, gepaart mit einem dumpfen kratzen ließ Botatzi erschrecken. Als er sich umdrehte war Luigi verschwunden. Er blickte sich um. Nichts zu sehen!

„Luigi?"

„Hier!"

Botatzi blickte sich um.

„Tiefer!"

Er blickte nach unten. Da lag er. Luigi hatte beim Versuch den Tresen zu erreichen, das Gleichgewicht verloren. Er hatte noch versucht sich an einem Stuhl abzustützen. Dieser hatte sich aber selbstständig gemacht, war erst weggerutscht und dann umgefallen und mit ihm auch Luigi. Da lag er nun wie ein Marienkäfer und hatte Mühe wieder hochzukommen. Stefano wankte zu Hilfe. Kurz darauf standen beide gemeinsam am Tresen und tranken bereits den dritten Espresso. Der Schwindel wich langsam. Dafür machte sich nun wieder der Kopf bemerkbar. Der pochte wie ein alter Dieselmotor in einem Traktor.

„Mamma mia, was habe ich einen Kopf.", stöhnte Botatzi.

Luigi nickte nur vorsichtig und nippte an seinem Espresso. Von der Bank her vibrierte es.

„Oh, mein Telefon. Ich muss…!", bemerkte Stefano und ging zur Bank.

„Commissario Bo… Ach sie sind es Sergente… Natürlich habe ich gesehen, dass sie es sind… Nein habe ich nicht, der Akku war leer… Wo sind sie?... In Garda?... Si, ich komme… Rufen sie mir ein Boot… Ja ein Boot… Nein, nach Limone… Das erkläre ich ihnen später…"

Der Commissario legte auf.

„Ich muss! Wir haben einen…"

Er hielt inne.

„Ich weiß, du darfst nichts sagen.", sagte Luigi und verdrehte die Augen.

„Doch natürlich. Wir sind ja jetzt Freunde!", sagte Stefano und grinste.

Luigi schaute ihn fragend an.

„Und?"

„Was und?", fragte Botatzi.

„Ja, was ist passiert?", fragte Luigi jetzt.

„Achso ja… Wir haben eine weitere Leiche. In Garda. In einem Pool. Ich muss direkt dorthin.", erklärte Stefano.

„Eine Leiche? Unfall? Mord?", wollte Luigi wissen.

Botatzi schüttelte nur den Kopf.

„Ich weiß nicht mehr, noch nicht!"

Botatzi nahm seine Jacke und schickte sich an zu gehen. An der Tür drehte er sich noch einmal um.

„Vielen Dank Luigi. Es war ein schöner Abend. Können wir gerne mal wiederholen. Vielleicht mit etwas weniger Alkohol.", verabschiedete sich Botatzi.

„Danke das fand ich auch Commissario. Beim nächsten Mal machen wir es einfach mit Kamillentee.", sagte Luigi grinsend.

„Ist magenschonend und besser für den Kopf. Melde dich, wenn du was weißt wegen deiner neuen Leiche!", schob er noch hinterher.

Botatzi nickte, winkte und verließ das Restaurant. Luigi winkte ebenfalls kurz und blieb allein zurück.

18

Residence Villa Rosa, Garda, Sonntagmittag

Ein Großteil der Einsatzkräfte war schon wieder weg. Nur noch etwa zehn Polizisten der Spurensicherung und der Streife sicherten den Tatort noch ab und nahmen letzte Beweise auf. In einer Ecke stand di Gallo und beobachtete das Treiben seiner Kollegen der Spurensicherung. Er selbst wartete seit geraumer Zeit auf seinen Chef. Botatzi müsste eigentlich jeden Augenblick hier sein. Das Boot, welches von Limone gestartet war, war ein Schnellboot. Es war nochmals deutlich schneller als die Rapido Boote der Navigarda. Ohne Umweg sollte es eigentlich in knapp dreißig Minuten Garda erreichen. Vom Hafen aus waren es dann nochmals fünf Minuten, wenn er ohne Tamtam hierherkommen würde. Er hatte mehrmals über GPS geschaut, wo sich das Schnellboot befand, wusste also das er jeden Moment hier sein musste.

Botatzi hatte sich auf dem Weg nach Garda mehrmals übergeben müssen. Bereits als er Tignale verlassen hatte, musste er den ersten Stopp einlegen. An einem Aussichtspunkt konnte er nicht mehr innehalten.
Die Fahrt mit dem Schnellboot mochte er eigentlich immer sehr. Dieses Mal jedoch nicht. Das ganze geschaukel und der unruhige Seegang ließen bereits

nach wenigen hundert Metern das schlimmste erahnen. Ganze viermal hatte er den Kopf deutlich über die Reling strecken müssen. Beim letzten Mal war es dann auch nur noch ein Würgen, gefolgt von röhrenden Geräuschen. Kreidebleich und etwas fertig erreichte er Garda. Dort wartete bereits ein Wagen auf ihn der ihn zur Residence Villa Rosa bringen sollte.
Jedoch musste der Fahrer auch hier nochmals einen unfreiwilligen Stopp einlegen. Er wurde angehalten, ganz vorsichtig zu fahren, ohne Aufsehen und Blaulicht. Botatzi hatte keine Lust mehr auf einen weiteren Stopp.

Als der Wagen dann endlich in die Anlage einbog, waren die letzten Beamten damit beschäftigt die Koffer der Spurensicherung im Wagen zu verstauen.
Jetzt waren nur noch eine Handvoll Beamte vor Ort.
Vor wenigen Minuten war ein Kleinlaster der Gemeinde auf das Gelände gefahren. Auf seiner Ladefläche hatte er eine riesige Rolle mit einer Kunststoffplane, sowie Absperrgitter. Damit sollte der gesamte Pool gesperrt und abgedeckt werden.
Di Gallo sah Botatzi schockiert an als dieser aus dem Wagen stieg. Sein Chef war noch immer kreidebleich und sah wirklich nicht gut aus.
„Was ist denn mit Ihnen passiert Commissario?", fragte der Sergente besorgt.
„Fragen Sie nicht Sergente, fragen Sie nicht!", antwortete Botatzi schwach.

„Lassen Sie mich raten! Entweder sie haben etwas Falsches gegessen oder sich einen Virus eingefangen. Ich tippe auf Magen-Darm!", folgerte di Gallo.

Der Commissario schüttelte den Kopf.

„Nichts von allem. Ich habe mich gestoßen. Gestern Abend. Am Rotwein, Grappa, Likör und Limonchello.", sagte Botatzi wehleidig.

„Ah ich verstehe!", sagte di Gallo und konnte sich jetzt ein Grinsen nicht verkneifen.

„Nie wieder Alkohol Sergente, nie wieder. Und hören sie auf zu grinsen. Die Sache ist ernst!", versuchte Botatzi in einem strengen Ton zu erklären.

„Sagen Sie mir besser was passiert ist und was wir bereits haben!", schob er noch hinterher.

Di Gallo erzählte was er alles bis jetzt zusammengetragen hatte und was hier seines Erachtens passiert sein könnte. Er schilderte was er durch die Zeugenbefragungen herausbekommen hatte und wer der Tote aus dem Pool war. Zum Schluss zeigte er ihm noch einige Bilder die er mit seinem Handy gemacht hatte. Als Botatzi die Bilder der Leiche mit der aufgeschlitzten Kehle sah, musste er erneut würgen.

Diesmal schien wieder etwas im Magen gewesen zu sein. Er konnte sich gerade noch so auf die Wiese retten.

„Nanana, das muss jetzt aber nicht sein! Vertragen sie keine Fakten! Ja, so eine Sauerei, so eine! Schämen Sie sich!", ertönte es aus einem der Apartments.

Di Gallo musste grinsen.

„Hören sie auf zu grinsen Sergente! Das ist nicht lustig!", sagte Botatzi wehleidig.

Stefano Botatzi nahm ein Taschentuch aus seiner Jackentasche und wischte sich damit über den Mund. Dann nahm er eine Lakritz Pastille. Er verzog das Gesicht. Der Geschmack war schlimmer als er dachte. Dabei liebte er eigentlich Lakritz Pastillen.

„Was ist mit den Bewohnern der Apartments? Waren alle anwesend oder hat jemand gefehlt? Hat irgendjemand was bemerkt letzte Nacht? Und wo sind jetzt alle?", fragte er di Gallo.

„Also, alle Bewohner wurden auf die Apartments geschickt, um die Untersuchungen hier nicht zu stören. Wir haben alle befragt. In jedem Gebäude waren Kollegen und haben alle Daten aufgenommen. Alle waren anwesend gewesen. Laut Aussage von Signore Bertamè hat niemand gefehlt. Bemerkt hat natürlich niemand etwas.", beantwortete di Gallo alle Fragen des Commissario.

Die Kunststoffplane war mittlerweile über den ganzen Pool gezogen. Am Rand hatten die Arbeiter ein Absperrgitter aufgestellt und dieses mit zweifarbigen Absperrband zusätzlich markiert. Sie verstauten die restlichen Materialien und verließen den Tatort wieder.

Botatzi und di Gallo waren allein. Die Kollegen hatten bereits vor Minuten die Anlage verlassen. Sie gingen beide zum Pool und schauten auf die Plane die gespannt über die Wasserfläche gezogen war.

„Sergente, gehen Sie bitte nochmals von Apartment zu Apartment und sagen sie allen, dass sie weder das Land noch die Provinz verlassen dürfen. Jedenfalls nicht, solange wir keine Auswertung der Daten vorliegen haben. Es wurden ja alle Daten der Gäste aufgenommen?", sagte Botatzi und blickte di Gallo fragend an.

„Si!", sagte der Sergente kurz und nickte zusätzlich.

„Wir können ihnen ja nicht alles verbieten. Schließlich machen Sie Urlaub hier! Oder glauben Sie das jemand von denen…?"

„No, Commissario!", antwortete di Gallo wieder kurz. Dann war er auch schon verschwunden. Botatzi seufzte und setzte sich auf einen der Stühle, die am Rand an der Wand standen.

Achille Bertamè, der einzig wahre Rezeptionshund der Residence Villa Rosa blieb weiterhin verschwunden. Die Blutspuren die am Abend zuvor gefunden und durch die Polizei sichergestellt wurden, waren wohl immer noch nicht ausgewertet. Jedenfalls hatte Paolo bis jetzt noch keine Nachricht von der Polizei erhalten.

19
Am See, auf dem See, Montagvormittag

Den restlichen Sonntag passierte nicht mehr allzu viel. Die Bewohner der Residence Villa Rosa waren geschockt von den Ereignissen. Keiner verließ mehr das Gelände und so war es das erste Mal in der über 50-jährigen Geschichte der Residence, dass alle den Abend in der Anlage oder in den Apartments verbrachten. Das Kyosk One hatte bis spät in den Abend geöffnet. Viele Bewohner saßen zusammen und unterhielten sich leise.

Botatzi hatte sich von dort direkt nach Hause begeben. Er wollte nur noch schlafen und vor allen Dingen „nie wieder Alkohol".

Die Nacht verlief ohne weitere Zwischenfälle. Alle schauten am nächsten Morgen vorsichtig aus ihren Wohnungen.

Auch Paolo war, wie jeden Morgen, wieder früh auf den Beinen. Er ging auf seinen großen Balkon und blickte erst einmal über die Anlage. Nichts! Alles schien in Ordnung zu sein. Keine neue Leiche im Blickfeld. Allerdings auch immer noch keine Spur von Achille.

Gudrun und Friedhelm saßen schon eine Weile auf ihrem Balkon. Sie genossen die ersten Sonnenstrahlen und den grandiosen Blick bis zur anderen Seite des Sees. Auch Punta San Vigilio konnten sie erblicken. Dort war es noch still. Keine Boote waren zu sehen.

Das würde sich aber sicherlich in ein paar Stunden ändern. Dann nämlich würde es wieder nur so von Luxusbooten wimmeln.

Am Pool endeckten sie Martina Knubbe. Sie war auf dem Weg zum Kyosk One um ihre Brötchentüte zu holen. Da der Pool abgesperrt war, verzichtete sie auf ihr knallbuntes Outfit. Stattdessen trug sie ein cremefarbenes weites Shirt und eine dunkle Leggins. Ihre Brötchentüte war die letzte verbliebene, die noch nicht abgeholt wurde.

Friedhelm blätterte in der Gardasee Zeitung. Er war so vertieft, dass er Martina gar nicht bemerkte. Nachdem er die Brötchen im Kyosk One holen war, musste er erst einmal ein paar Bilder machen. Na gut, ein paar waren vielleicht ein wenig untertrieben. Es dürften knapp zwanzig gewesen sein. Während seiner exzessiven Fotosession, hatte Gudrun den Tisch gedeckt. Nun war das Frühstück beendet und sie war dabei das Geschirr zu spülen.

Mandy und Kevin-Enrico hatten weder Brötchen bestellt, noch hatten sie bis jetzt gefrühstückt. Sie waren stattdessen mit anderen Dingen beschäftigt gewesen. Mandy stand gerade unter der Dusche, während Kevin-Enrico noch im Bett lag und mit seinem Handy zugange war. Bis vor wenigen Minuten hatten sie das Kamasutra auf sächsische Art probiert, waren allerdings nur bis D gekommen, da Kevin-Enrico mal wieder viel zu schnell fertig war.

Der Dunkle SUV, der bis vor kurzem noch am Ristorante Da Tinto stand hatte Garda bereits wieder verlassen. Er bewegte sich auf der Gardesana Orientale Richtung Norden und war kurz vor Torri del Benaco. Die Straßen waren leer. Es war Montagmorgen und nur wenige Autos waren unterwegs. Kurz vor dem großen Parkplatz am Cinema bog der Wagen links ab in Richtung Autofähre nach Maderno.

Wenige Sekunden später hielt der SUV am Anleger. Die Fähre stand bereits dort. Abfahrt war in etwa zehn Minuten. Der Fahrer stieg aus und ging zu dem kleinen Häuschen, um die Fahrkarte für die Überfahrt zu lösen.

Die Yacht, welche zwei Tage zuvor an die Ufermauer in Limone sul Garda krachte und sich am alten Hafen verkeilt hatte, stand mittlerweile in Gargnano in der kleinen Werft. Die Wasserschutzpolizei hatte das Boot dorthin bringen lassen, um weitere Untersuchungen durchführen zu können. Nun waren mehrere Techniker der Polizei, sowie Fachleute der Navigarda seit den frühen Morgenstunden damit beschäftigt, die Yacht weiteren Untersuchungen zu unterziehen.

Sie hatten bereits diverse Einrichtungen herausgenommen und in der Halle abgestellt.

Ein weiteres Team der Spurensicherung aus Verona war ebenfalls auf dem Weg zur Werft. Sie wollten noch weitere Proben nehmen und den Innenraum der Yacht nochmals untersuchen.

Bis jetzt konnte man nichts Brauchbares finden, was nicht bereits am Samstag in Limone sichergestellt wurde. Sicher, man hatte die Blutspuren, das weiße Pulver und auch den Brief in albanischer Sprache sichergestellt. All diese Beweise waren bereits bei den Kollegen in Verona und wurden untersucht. Und natürlich hatte man die beiden Leichen aus der Yacht. Aber es fehlte der hundertprozentige Hinweis, der Beweis, der vieles sicherlich einfacher machen würde.

In Limone war knapp zwei Tage nach dem Vorfall nichts mehr zu sehen. Da sich alles auf der Yacht abgespielt hatte, musste auch nichts mehr am Ufer abgesperrt werden.

Alle Spuren des Vorfalls wurden entfernt. Die Vielzahl der Touristen die zwischenzeitlich den Hafen von Limone sul Garda aufsuchten, hatten von dem Vorfall nichts mehr mitbekommen.

Viele italienische Zeitungen hatten zwar in den letzten Tagen von den Vorfällen in Limone und Garda berichtet, aber in den deutschen Medien war momentan noch nichts oder nur sehr wenig von diesen Vorfällen zu lesen. Auch der Zwischenfall im Grenzgebiet zu Österreich und der Slowakei wurde momentan nur oberflächlich und am Rande in den Medien erwähnt. Eine große deutsche Zeitung hatte lediglich kurz in ihrem Live-Ticker davon berichtet, aber auf einen großen Bericht wurde bis jetzt gänzlich verzichtet.

Der SUV war mittlerweile auf der Fähre. Diese hatte den Hafen von Torri del Benaco vor wenigen Minuten verlassen und war auf dem Weg nach Maderno am Westufer des Sees. Die etwa 25-minütige Fahrt führte quer über den See. Die Fahrt von Torri del Benaco nach Maderno führte nicht über die breiteste Stelle des Sees, aber man hatte oft keine Möglichkeit die andere Seite zu sehen. Der südliche Teil des Sees wurde deshalb auch Gardameer genannt, weil man oftmals das gegenüberliegende Ufer nicht sehen konnte.

Die Insassen des SUV hatten den Wagen alle verlassen und standen am Bug der Fähre. Die fünf Männer waren unscheinbar. Sie standen direkt an der Absperrung. Der Wind wehte kräftig und die Gischt sprühte über den vorderen Teil der Fähre. Der See war an diesem Montagmorgen unruhig und dennoch war traumhaft schönes Wetter. Blauer Himmel, Sonnenschein, aber ein starker Wind halt. Der Wellengang war für Kyte-Surfer und Wassersportler ein Traum, aber in diesem Teil des Sees waren diese Sportarten nicht zu finden, weil die Winde im Süden nicht so ausgeprägt und stark waren, wie im Norden zwischen den hohen Felswänden. Zudem waren im Norden bis auf die Navigarda alle Motorboote verboten, extra für die Segler, Surfer und Kyte-Surfer.

Die Männer standen stumm nebeneinander und blickten hinüber zum Westufer. Keiner sagte etwas. Es waren auch nur zwei weiteren Fahrzeuge auf der Fähre. Dafür aber eine Menge an Fahrrädern und

Fußgänger. Die meisten hielten sich im oberen Teil der Fähre auf, wo es eine Möglichkeit gab, windgeschützt die Überfahrt zu genießen. Im unteren Teil, wo die Fahrzeuge parkten, ging ein scharfer Wind.

Niemand an Bord der Fähre ahnte, dass die fünf Männer mit ihrem SUV etwas zu verbergen hatten.

Und auch sonst hatte momentan weder die Presse noch die hiesige Polizei eine Vermutung.

20
Garda, Montagnachmittag

Gudrun und Friedhelm Muckel hatten den Vormittag in der Residence verbracht. Nach einem ausgiebigen Frühstück hatte Friedhelm zurerst die Gardasee Zeitung ausgiebig gelesen, während seine Frau den Abwasch erledigte.

Dann hatte er sich nochmals hingelegt und war wirklich noch einmal eingeschlafen. Gudrun hatte derweil auf dem Balkon gesessen und in einem ihrer vier Bücher gelesen, die sie mitgenommen hatte.

Um die Mittagszeit war aber dann Schluss gewesen. Obwohl die Bewohner nach wie vor Garda und die angrenzenden Ortschaften nicht verlassen durften, beschloss Gudrun sich zu einem spontanen Besuch am Hafen. Sie weckte Friedhelm der grummelnd und etwas widerwillig aufstand.

Etwa zwanzig Minuten später machten sich beide dann auf den Weg zum Zentrum von Garda. Die etwa 800 Meter bis zur Promenade hatten sie nach knapp fünfzehn Minuten geschafft. Was auch nicht sonderlich schwer war, denn es ging leicht bergab.

„Das ist aber eine Hitze hier. Kaum auszuhalten. Gar nicht zu vergleichen mit den angenehmen Temperaturen bei uns zu Hause, oder letztes Jahr in Tignale.", meckerte Friedhelm als sie am Hafen ankamen.

„Jetzt hör aber auf. Angenehme Temperaturen bei uns. Das ich nicht lache. Entweder es ist zu kalt, zu nass oder einfach nur unerträglich bei uns. Und Tignale! Ja da war es nicht ganz so warm wie hier, aber hier ist das Leben! Ich fühle mich noch nicht so alt, dass ich meinen Urlaub in Tignale verbringen muss. Ich will noch was erleben. Verstehst du?", konterte Gudrun leicht pikiert.

Friedhelm verdrehte nur die Augen.

„Und hör auf die Augen zu verdrehen. Wir haben uns das hier gemeinsam ausgesucht und es war uns vorher schon klar, dass es hier etwas wärmer sein wird!", schob Gudrun leicht sauer hinterher.

„Etwas wärmer? Das ist eine Hitze! Ich weiß nicht ob ich das hier aushalte!", meckerte Friedhelm.

„Dann pack deine Sachen und fahr halt wieder nach Hause! Ich finde es perfekt hier!", sagte Gudrun und duldete keine weitere Diskussion mehr.

Friedhelm nickte nur. Er kannte seine Frau und wusste wann es genug war und es nichts mehr brachte weiter zu Diskutieren.

Beide schlenderten schweigend die Promenade entlang. Am Hafen machten sie halt und blieben an einem Tisch der Vinoteca Delizia stehen. Es war der einzige noch freie Tisch. Gudrun schaute sich um, sah die vollen Gläser und überlegte nicht lange. Ohne auf die Antwort von Friedhelm zu warten, ging sie auf den Tisch zu und schickte sich an Platz zu nehmen. Auf der anderen Seite hatte sich ebenfalls ein Pärchen für diesen Tisch entschieden und stand nun ebenfalls vor einem der Stühle.

Gudrun war jedoch schneller und setzte sich.

„Das ist ja mal wieder typisch. Da wird sich einfach hingesetzt, ohne zu schauen ob der Tisch vielleicht schon besetzt ist.", meckerte der Herr ihr gegenüber.

Gudrun hob eine Augenbraue. Friedhelm wollte schon wieder abdrehen und weiter gehen. Sie klopfte nur auf den Stuhl neben ihr und Friedhelm gehorchte. Er setzte sich etwas widerwillig hin, vermied es aber das andere Pärchen anzuschauen und blickte nur auf den Boden.

„Sie sehen doch das er besetzt ist! Sie waren eben nicht schnell genug!", konterte Gudrun.

Friedhelm wäre jetzt am liebsten unter dem Tisch verschwunden. Der Herr wurde jetzt rot. Seine Frau hatte sich bereits abgewandt. Die Gäste der umliegenden Tische schauten bereits zu Gudrun. Diese blieb weiterhin ruhig und fing an in der Karte zu lesen. Der Herr ihr gegenüber war noch nicht fertig und wollte den Platz nicht kampflos aufgeben. Seine Frau hatte sich jedoch bereits entfernt.

„Karl-Heinz, komm!", brüllte sie dann nur lautstark.

Der Herr zuckte zusammen und entfernte sich ohne ein weiteres Wort vom Tisch.

„Musste das jetzt sein?", fragte Friedhelm.

„Ja!", entgegnete Gudrun kurz.

Dann stand auch schon die Bedienung, ein Mann mittleren Alters neben ihnen.

„Buon giorno, prego."

„Una Hugo è una Aperol Spritz, prego.", bestellte Gudrun.

Der Mann nickte und verschwand die Straße hinauf, um Minuten später mit zwei vollen Gläsern und jeder Menge Chips und Nüssen wiederzukommen.

„Entschuldigen Sie! Das war genau richtig eben. Ich meine, wie sie den Tisch verteidigt haben!", sagte eine Stimme hinter Gudrun.

Sie drehte sich um und lächelte.

„Nein, ich meine das ehrlich. Sie waren zuerst da. Und wie ruhig sie geblieben sind. Also ich hätte da nicht so gelassen reagiert.", sagte der Mann weiter.

Gudrun nickte, während Friedhelm seine Kamera in der Hand hielt und schon wieder Bilder machte.

„Mein Name ist Schwäbele. Manfred Schwäbele. Und das ist meine Frau Zita.", stellte er sich jetzt vor und zeigte auf seine Frau.

„Muckel, Gudrun Muckel. Und der Mann hier neben mir, der wieder nur mit seiner Kamera beschäftigt ist, ist mein Mann Friedhelm.", antwortete sie mit einem Lächeln.

„Sind sie das erste Mal hier am schönen Gardasee?", wollte Manfred Schwäbele jetzt wissen.

„Ich meine, weil ihr Mann alles und jeden mit seiner Kamera festhält!", wollte er noch wissen.

„Ja, nein. Wir waren vergangenes Jahr bereits am Gardasee. Aber im Norden. In Tignale.", antwortete Gudrun.

126

„Und Sie? Ist es ihr erster Urlaub hier am Lago?",
fragte Gudrun.

Manfred Schwäbele schaute seine Frau an.

„Nein, wir waren schon öfter hier. Wir sind eigentlich
immer im Süden. Da gefällt es uns einfach besser. Die
Gegend, das Flair, die Menschen. Einfach angenehmer
als im Norden.", sagte Manfred Schwäbele.

Gudrun nickte. Friedhelm hatte gefühlt bereits zwei
Dutzend Bilder von den Booten im Hafen gemacht.

„Na dann Salute.", sagte Gudrun und prostete den
Schwäbeles zu, sowie ihrem Mann.

„Chin chin!", sagten die Schwäbeles.

„Proscht!", wiederholte Gudrun und trat ihrem Mann
gegen das Schienbein.

„Autsch! Ja! Prost!", sagte Friedhelm und erhob sein
Glas.

Er schaute flüchtig zu Manfred und Zita Schwäbele
und dann zu seiner Frau die ihm einen finsteren Blick
zurückwarf.

„Wo wohnen Sie, wenn ich fragen darf?", fragte jetzt
Zita Schwäbele um die peinliche Situation für Friedhelm zu entschärfen.

„Wir wohnen in der Residence Villa Rosa.", antwortete Gudrun mit einem Lächeln.

„Sehr schön dort. So familiär und ruhig dort.", schob
sie noch hinterher.

„Ah ja. Ich habe schon davon gehört und auch gelesen!", sagte Manfred Schwäbele und verzog leicht
das Gesicht.

„Ach ja?!", sagte Gudrun mit einem interessierten Blick.

„Ja… Man hört und liest in den Social-Media-Kanälen ja so einiges von dieser Residence Villa Rosa. Also mein Fall ist das ja nicht. Alles zu viel Tam Tam und dann diese Bilder und Videos. Einfach schrecklich!", sagte Manfred Schwäbele und redete sich jetzt in Rage.

„Finden Sie? Also uns gefällt es dort sehr gut! Nicht wahr Friedhelm!", sagte Gudrun und blickte fragend zu ihrem Mann.

Friedhelm war immer noch damit beschäftigt Bilder vom Hafen zu machen. Mittlerweile dürfte er bereits mehr als fünfzig davon gemacht haben.

„Friedhelm?"

Er zuckte zusammen.

„Ja sicher. Einfach traumhaft!", sagte er ohne den Blick von seiner Kamera zu lassen.

„Ja, das sagt meine Schwiegermutter auch ständig!", sagte Schwäbele und verzog das Gesicht.

„Aber ich mag das alles nicht. Ist mir alles zu aufgesetzt und schmierig!", fügte er noch hinzu.

Seine Frau verdrehte die Augen. Ihr war es sichtlich unangenehm was ihr Mann erzählte.

„Manfred, bitte! Du kennst doch diese Residence Villa Rosa gar nicht. Nur von Erzählungen.", versuchte Zita zu beschwichtigen.

Doch ihr Mann hatte bereits Fahrt aufgenommen und redete sich jetzt um Kopf und Kragen. Das merkte jetzt auch Gudrun und sie könnte sich ohrfeigen, dass sie sich auf dieses Gespräch eingelassen hat.

„Genau! Und genau das reicht ja, wie du siehst, um sich darüber aufzuregen!", sagte Manfred und nahm einen kräftigen Schluck von seinem Wein.

Es folgte ein Husten und Würgen. Manfred Schwäbele hatte sich verschluckt, rang nach Luft und hatte sichtlich Mühe den Hustenanfall unter Kontrolle zu bekommen.

Die umliegenden Tische und vorbeigehenden Touristen schauten alle erschrocken zu dem Tisch.

„Manfred bitte!", sagte seine Frau jetzt mit einem leicht hysterischen Tonfall.

„Was denn Zita! Darf man jetzt nicht mal mehr Husten?", antwortete Schwäbele gereizt.

Immer mehr Leute blickten jetzt zu den Beiden. Viele blieben stehen. Manche schauten nur kopfschüttelnd und gingen dann weiter. Andere wiederum blieben stehen, tuschelten und lachten dann.

Zita Schwäbele bemerkte das. Ihr war die Situation jetzt mehr als peinlich. Auch Gudrun schaute jetzt etwas irritiert auf die Schwäbeles.

„Siehst du? Du musst es machen wie ich. Einfach nicht beachten und so tun, als seist du beschäftigt!", sagte Friedhelm mit einem Grinsen in Richtung Gudrun.

Diese verstand und grinste nun ebenfalls. Die Muckels bezahlten und erhoben sich. Manfred und Zita Schwäbele waren mittlerweile so mit sich selbst beschäftigt das beide ohne weiteres den Ort verlassen konnten.

„Findest du er hatte Recht mit seinen Aussagen über die Residence?", wollte Gudrun wissen, nachdem sie ein paar Schritte gegangen waren.

Friedhelm blieb stehen.

„Man muss nicht immer auf die Meinung anderer hören. Meist ist es nur der Neid auf den Erfolg, oder auf den eigenen Misserfolg. Es wird immer welche geben, denen irgendetwas nicht passt oder die andere Meinung sind. Das ist normal.", sagte Friedhelm und ging langsam weiter.

Gudrun schaute ihn nur an und folgte ihm dann. Sie war gerade ein wenig stolz auf ihren manchmal doch so verpeilt wirkenden Friedhelm.

Während die Muckels noch das besondere Flair von Garda genossen und die Schwäbeles Garda auf dem schnellsten Wege wieder verließen, waren Mandy und Kevin-Enrico gerade dabei ihre Koffer zu packen.

Sie hatten sich fest vorgenommen abzureisen. Keine Minute länger wollten sie mehr in Garda bleiben.

„Aber wir dürfen doch gar nicht abreisen? Willst du einfach so von hier weg? Das gibt doch sicherlich Ärger, wenn sie uns erwischen.", sagte Kevin-Enrico mit Angst in der Stimme.

„Ich bleibe nicht länger hier. Ich lasse mich nicht einsperren. Das hat mir Mutti immer erzählt, wie das war, damals im Osten, als der Honecker an der Macht war. Wir packen jetzt und dann fahren wir zur Polizeistation und melden uns ab. Die dürfen uns gar nicht festhalten!", antwortete Mandy, ohne aufzuhören ihre Sachen in den Taschen zu verstauen.

Kevin-Enrico kratzte sich nur und schaute etwas blöd in der Gegend rum. Er hatte leider nichts verstanden. Wie so oft. Er war eh nicht die hellste Kerze auf der Torte. Mandys Freundeskreis konnte auch bis heute nicht verstehen, warum sie ausgerechnet diesen Typen so interessant fand. Sie antwortete dann meist nur, Kevin-Enrico hat ganz andere Qualitäten. Damit war das Gespräch dann meist für sie beendet.

„So, wenn du deine Sachen dann auch zusammengepackt hast, gehen wir zur Polizeistation und melden uns ab. Wenn wir dann zeitig loskommen, können wir morgen früh schon fast zu Hause sein.", sagte Mandy.

Kevin-Enrico nickte nur. Wie so oft.

Kurz darauf waren sie auf dem Weg zur Polizeistation. Paolo hatte ihnen den Weg beschrieben, ihnen aber auch gleich wenig Hoffnung gemacht, dass sie eine Freigabe für die Abreise bekommen würden.

Jedenfalls nicht gleich am ersten Tag. Das würde sie nur verdächtig machen, hatte er noch gesagt. Das war Mandy allerdings egal. Sie hatte es sich in den Kopf gesetzt nach Hause zu fahren und das wollte sie jetzt auch ohne zu zögern umsetzen.

Wie Paolo bereits vorausgesagt hatte, hatte sie keine Freigabe für die Heimreise bekommen. Ganz im

Gegenteil. Sie hatten sich dadurch nur verdächtig gemacht und so wurden Ihre Daten an die Grenzstationen gemeldet und sie mussten sich einmal täglich persönlich in der Station melden. Und zwar so lange bis die zuständige Questura um Commissario Botatzi die Freigabe erteilen würde.

Wütend und niedergeschlagen fuhr Mandy mit Kevin-Enrico wieder zurück zur Residence.

„Ich habe es gewusst. Die lassen uns nicht weg hier.", sagte Kevin-Enrico nur.

„Sei still du Depp. Du und deine negativen Schwingungen. Alles nur weil du mal wieder so negativ eingestellt warst.", giftete sie ihn an.

Kevin-Enrico sagte nichts mehr. Er nickte nur und schaute zu Boden. Ohne ein weiteres Wort verschwanden beide wieder in ihrem Apartment. Eine knappe Stunde später hatten sie ihre Koffer wieder ausgepackt. Kevin-Enrico lag auf dem Bett. Er spielte mal wieder „malen nach Zahlen" auf seinem Smartphone, während Mandy auf dem Balkon saß und sich betrank.

Achille war noch immer nicht wieder aufgetaucht. Paolo hatte wieder den halben Tag damit verbracht, nach ihm zu suchen. Jedoch mal wieder ohne Erfolg. Wo war der Hund bloß geblieben?

21
Questura, Mittwoch

Fast zwei Tage waren vergangen in denen so gut wie nichts passiert war

Die Muckels hatten die Zeit damit verbracht, Garda und die anliegenden Orte Bardolino und Lazise zu erkunden. Dafür hatten sie sich vorsorglich extra die Genehmigung der ansässigen Polizeistation geholt.

Am ersten Tag hatten sich Gudrun und Friedhelm ein Fahrrad geliehen, mit dem sie von Garda bis nach Lazise geradelt waren. Jedoch hatte Friedhelm schon bei der Ankunft in Lazise keine Lust mehr. Ihm schmerzten die Beine und auch sein Hintern hatte bereits erste Signale gesendet. So hatten sie den Rückweg gemeinsam mit den Fahrrädern auf dem Schiff verbracht. Den anderen Tag verbrachten beide in Bardolino. Mit dem Schiff ging es nach dem Frühstück hin. Zurück wollten beide zu Fuß an der Promenade entlang nach Garda zurück. Aber auch aus diesem Plan wurde nichts. Als sie zurückwollten, fing es kräftig an zu regnen. Und so wichen sie wieder einmal auf das Schiff aus. Friedhelm war in beiden Fällen überaus zufrieden mit der Lösung. Gudrun hingegen hätte gerne mehr gemacht, als immerfort nur auf das Schiff auszuweichen. Sie hatte aber auch keine Lust auf lange unnötige Diskussionen mit ihrem Friedhelm und so ergab sie sich ihrem Schicksal.

Mandy und Kevin-Enrico waren weniger kreativ was ihre Freizeitgestaltung anging.

Nachdem sie kläglich gescheitert waren ihren Urlaub frühzeitig zu beenden, war ihr primäres Ziel das Partyleben von Garda. Gut, jetzt muss man anmerken, dass Garda nicht Palma de Mallorca war und somit die Möglichkeiten vor Ort sehr überschaubar waren.

An der Promenade gab es ein paar wenige Strandbars etwas außerhalb und in Richtung Bardolino. In Garda selbst sah es mau aus. Hier wurde es in den Abendstunden sehr ruhig. Nur vereinzelt waren aus den größeren Hotelanlagen etwas Animation zu vernehmen. Und so konzentrierte sich die Freizeitgestaltung von Mandy und Kevin-Enrico meist auf die Strandbar in Richtung Bardolino.

Sie verließen diese in den letzten zwei Tagen immer als letzte und wankten angetrunken und lallend zurück zur Residence Villa Rosa.

Apropos Residence Villa Rosa. Achille war leider noch immer verschwunden. Mit jedem Tag, der verging schwand die Hoffnung von Paolo und natürlich seiner Familie, dass der Hund noch einmal gefunden würde oder aber zurückkommen würde.

In der Anlage war es ruhig. Noch immer war der Pool abgesperrt, das Kyosk One tagsüber verlassen. Die Gäste verbrachten den Tag meist alle in Garda.

Paolo war weiterhin damit beschäftigt jede Ecke und auch die nähere Umgebung nach seinem Rezeptionshund abzusuchen. Er hatte nicht nur überall Zettel ausgehangen und Flugblätter verteilt, sondern auch auf seinen sozialen Kanälen im Internet einen Aufruf gestartet. Bis jetzt jedoch leider ohne Erfolg. Keine seiner Aufrufe und Aktionen brachte die erhoffte Erlösung. Stattdessen nur Unmengen von Beileidsbekundungen und Ratschläge.

Botatzi und di Gallo hingegen hatten in der Questura alle Hände voll zu tun. Neben den Toten in Limone hatten sie auch noch die Leiche aus dem Pool in Garda. Sie saßen bereits den zweiten Tag in ihrem Büro und studierten die Unterlagen, die ihnen die Spurensicherung bereits zugeschickt hatte. Auch ein erster Bericht der Gerichtsmedizin zu den beiden Toten aus Limone lag vor. Diesen hatten sie von der Vice-Questore, Dottoressa Susanna Luca bekommen.
Botatzi und di Gallo staunten nicht schlecht, als sie die ersten Seiten studiert hatten.
Wie bereits vermutet, wurden die beiden Toten regelrecht hingerichtet. Der ganze Bericht las sich wie ein Teil eines Horrorstreifens. Mehrmals mussten sich beide schütteln. Die Identität der beiden Leichen jedoch konnte bis zum jetzigen Zeitpunkt noch immer nicht festgestellt werden.
Ein lautes Schnaufen war zu hören.
„Stöhnen sie nicht Sergente. Davon wird es auch nicht besser.", sagte Botatzi ohne aufzublicken.

„Aber Commissario. Nichts! Einfach gar nichts! Keine Namen, keine Adressen! Wie sollen wir hier etwas finden?", stellte di Gallo fest.

„Indem wir weiter suchen. Jeder hat eine Identität. Wir müssen nur richtig suchen.", erwiderte Botatzi nüchtern.

Das Telefon läutete. Botatzi blickte es fragend an.

„Das Telefon?", sagte di Gallo.

„Ja das Telefon! Gehen sie ran Sergente!", blaffte Botatzi nun.

„Questura, Sergente… Si… Si… No… Si…"

Botatzi blickte auf und schaute seinen Sergente fragend an.

„Si… momento…"

Di Gallo hielt eine Hand an den unteren Teil des Hörers.

„Es ist die Gerichtsmedizin. Dottore Biassini.", sagte di Gallo nun.

„Stellen sie durch Sergente.", erwiderte Botatzi und hatte seine Hand bereits am Hörer seines Telefons.

Dottore Biassini hatte interessante Neuigkeiten für Botatzi. Neuigkeiten, die nicht in seinem Bericht standen, den er bereits geschickt hatte. Denn da wusste er noch nicht, dass die DNA von Waldemar Meier überall auf der Yacht war. Das fand er erst jetzt heraus, da er genau diese Leiche gerade auf seinem Tisch liegen hatte und die ersten Tests machte. Waldemar Meier, der Tote aus dem Pool in Garda und unscheinbarer, wenn auch seltsamer Gast der Residence Villa Rosa.

„Das ist ja interessant Hugo. Kannst du mir das Ganze noch zuschicken? Gerne per Mail, wenn es keine Umstände macht.", sagte Botatzi noch, bevor er wenig später das Telefonat beendete.

Der Commissario stand auf und ging zum Fenster. Er blickte hinaus. Er atmete hörbar mehrmals ein und aus und schaute noch immer regungslos nach draußen.

„Machen Sie es nicht so spannend Commissario. Was hat der Dottore gesagt?", wollte di Gallo jetzt wissen.

Botatzi drehte sich um und ging wortlos zurück zu seinem Platz.

„Er hat die DNA unserer Leiche aus Garda auf der Yacht gefunden. Es gibt also irgendeine Verbindung zwischen den Toten in Limone und unseres Toten in Garda.", sagte Botatzi und blickte dabei in leere.

„Das ist interessant Commissario. Jetzt müssen wir nur noch herausbekommen um wen es sich auf der Yacht handelte. Weil identifiziert haben wir sie noch nicht, oder?", wollte di Gallo wissen.

Botatzi schüttelte den Kopf. Nein das wusste sie wirklich noch nicht. Die Yacht stand im Dock in Gargnano und wurde dort noch immer untersucht. Bis jetzt hatte man nichts Weiteres gefunden, was von Interesse wäre. Viele der Beweise wurden bereits am Morgen im Hafen von Limone sichergestellt. Einzig die Identifikation der beiden Leichen fehlte noch. Seit Tagen versuchten deshalb nun die Beamten aus

Verona irgendetwas in der Yacht zu finden, was möglicherweise helfen könnte die Personen zu identifizieren.

Das Telefon klingelte.

„Si… Si… No… Si… Grazie mille Sergente!"

Di Gallo legte auf und schaute zu Botatzi. Dieser blickte ihn fragend an.

„Man hat etwas gefunden, was die Identität der beiden Leichen klären könnte. Der Sergente vor Ort wird die Beweise nach Verona überführen. Sobald sie etwas haben, wird man uns informieren.", sagte di Gallo.

Botatzi nickte und blickte weiterhin ins leere. Ja, sicher es war ein kleiner Hoffnungsschimmer, aber bisher war noch nichts klar. Nicht so lange eine positive Rückmeldung aus Verona vorlag.

Das Telefon klingelte wieder. Botatzi hob ab.

„Botatzi… Si Dottoressa… Si…"

Di Gallo blickte fragend zum Commissario.

„Ich muss zur Vice-Questore. Sie hat mal wieder das Bedürfnis nach mir!", antwortete Botatzi und verdrehte die Augen.

Dann stand er auf und verließ ohne ein weiteres Wort das Büro.

Unterdessen ließ das Protokoll mit Bruno Scalia von der Polizia Locale immer noch auf sich warten. Er war seit einigen Tagen bereits krank.

22

Zwischen Gargnano und Limone, Montagnachmittag

Luigi war auf dem Weg nach Gargnano. Sein Fiat 500 Nuovo, Baujahr 1973 schlängelte sich langsam durch die Tunnel am See. Der Fiat war gelb und in einem sehr guten Zustand. Kein Rost und noch alles original. Er hatte ihn zufällig erstanden. Eines Tages saß ein Gast in seinem Restaurant. Ein älterer Herr aus Turin. Er war mehrere Abende hintereinander in seinem Restaurant gewesen und hatte immer etwas anderes bestellt. Eines Abends kamen sie ins Gespräch und es stellte sich heraus, dass dieser Gast jahrelang in Rosenheim wohnte und dort Versicherungen verkaufte.

Nach einer Flasche Valpolicella und ein paar Grappa hatte Luigi dem älteren Herrn den Fiat abgekauft. Und er bereute den Kauf bis heute nicht. Der Fiat schnurrte wie ein Kätzchen. Gut wie ein Kätzchen das Asthma hatte, aber er schnurrte.

Luigi Schifferle hatte sich den Tag freigenommen und war auf dem Weg nach Gargnano. Dort hatte er einen Termin in der Limonaia. Sein Restaurant hatte er in den letzten Monaten schon öfters seinen Angestellten überlassen, um Termine wahrzunehmen. Das hatte bis jetzt auch immer sehr gut funktioniert. Er konnte sich auf jeden einzelnen verlassen.

Luigi lenkte seinen Fiat durch den Tunnel. Er war ein sehr vorsichtiger und vorausschauender Fahrer. Das passte allerdings nicht zu den sonst üblichen italienischen Fahrern, die meist hektisch und stressig am Steuer wirkten und nicht selten mit Gesten und der Hupe zeigten, dass sie die Könige der Straße waren.

Luigi mit seinem Fiat 500 Nuovo, dem italienischen Kultauto schlechthin, sowie einem typischen italienischen Kennzeichen, sah man nicht an das es nur eine Fassade war. Alles andere an ihm war nämlich mehr Deutsch als italienisch. All die anderen Klischees, die die Italiener hinter dem Steuer eines Autos zeigten und beherrschten, konnte er nicht bestätigen und auch nicht zeigen. Dafür war Luigi Schifferle einfach nicht italienisch genug. Aber das wussten nur ganz wenige. Und ganz besonders nicht die vielen tausend Autos aus dem Ausland mit den Touristen aus ganz Europa die hier nur Urlaub machten.

Den Tunnel den Schifferle gerade durchfuhr war der letzte. Danach kamen keine mehr. Nur noch wenige Kilometer und er war in Gargnano. In diesem Tunnelabschnitt begann im vergangenen Jahr eine für ihn schlimme Zeit. Hier kollidierte der Leichenwagen mit dem toten türkischen Paar aus Tignale und dem Fahrzeug in dem auch Dimitri Arkim saß. Der Mann, der ihn als Geisel nahm und mehrere Stunden festhielt und später auch zwang das Fluchtauto zu lenken. Gott sei Dank konnte er damals in Gardone fliehen. Arkim konnte daraufhin entkommen und wurde kurze Zeit später ja in Salò erschossen.

Einen kleinen Augenblick war Luigi abgelenkt. Ein kurzer Moment nur. Ein grelles Licht, zusammen mit dem lauten Hupen eines sehr großen dunklen Fahrzeuges holte ihn zurück. Er ries das Lenkrad reflexartig nach rechts und gleich wieder nach links. Der kleine Fiat 500 hatte Mühe nicht die Spur zu verlieren und in dem engen Teil des Tunnel mit der Wand zu kollidieren.

Das Fahrzeug schaukelte und Luigi schaffte es mit einer beherzten Vollbremsung den kleinen Wagen zum Stehen zu bekommen. Das niemand hinter ihm war, war mehr als glücklich. Im Rückspiegel konnte er den schwarzen Wagen erblicken. Er war ebenfalls zum Stehen gekommen. Luigi drehte sich um. Er kniff die Augen zusammen. Die Rückleuchten des Fahrzeuges leuchteten auf. Er schaute auf das Kennzeichen. Ein ausländisches. Albanien? Oder vielleicht doch Serbien oder Bosnien? Er griff nach seinem Smartphone und machte ein Bild. Dann setzte sich das schwarze Ungetüm auch schon wieder in Bewegung. Kurz darauf war Luigi allein.

Er stand noch immer im Tunnel. Seine Knie zitterten und ihm war für einen kurzen Augenblick ein wenig schwindelig. Von hinten näherte sich ein Fahrzeug.

Luigi betätigte die Warnblinkanlage. Er kurbelte die Scheibe hinunter und gab mit der Hand ein Zeichen, langsam an ihm vorbeizufahren. Luigi atmete tief ein.

Der Geruch des feuchten Tunnels vermischte sich mit dem Geruch von Staub, Abgasen und Gummi.

Kurz darauf setzte auch Schifferle die Fahrt fort. Seine Knie zitterten noch immer. Langsam fuhr er die noch wenigen Meter aus dem Tunnel. Vor dem Tunnel hielt er an der Seite und stieg aus. Er atmete tief durch. Die frische Luft tat gut. Langsam, ganz langsam beruhigte er sich wieder. Das Adrenalin sank und die Aufregung verschwand langsam. Die Knie hörten ebenfalls langsam auf zu zittern. Er stand noch einige Augenblicke am Straßenrand und genoss die frische Luft. Dann setzte sich Luigi wieder in seinen Wagen und fuhr langsam weiter. Bis Gargnano waren es nur noch knapp zwei Kilometer.

Der schwarze SUV hatte mittlerweile Limone erreicht. Er fuhr gerade am Hotel Leonardo vorbei und passierte den Campingplatz. Der Verkehr rollte nur sehr langsam. Typisch für Limone. Die Straße war in vielen Bereichen eng und immer wieder unterbrachen Zebrastreifen die freie Fahrt. Zudem versuchten auch immer wieder Fahrzeuge auf die Hauptstraße drauf zu fahren die aus den Seitenstraßen oder Hotelanlagen kamen. Dadurch geriet der Verkehr auch hier immer wieder ins Stocken.

Jedes zweite Fahrzeug war ein ausländisches. Meist waren es Fahrzeuge aus Deutschland und Österreich. Manchmal war auch mal eines aus Dänemark oder der Slowakei dazwischen. Der SUV fiel also was das anging, so gut wie gar nicht auf. Wenn da nur nicht das bullige Äußere, sowie der dröhnende Motor gewesen wäre.

An der Kreuzung zur Promenade regelte ein Mann der Polizia Locale den Verkehr. Das Parkhaus am unteren Ende der Straße war mal wieder voll und so sorgte er dafür das die Blechlawine weiterfahren musste. Viele quittierten dies mit einem Hupen oder aufgeregter Gestik. Der Polizist antwortete gelassen mit einem Achselzucken und winkte den Verkehr einfach weiter. Unweit des Euro-Spar bog der SUV ab und fuhr den Anstieg hinauf. Wenige Meter weiter bog er auf das Gelände des Parkplatzes. Der SUV fuhr auf das oberste Parkdeck, welches nicht überdacht war und noch genau zwei freie Parkplätze hatte. Er parkte und das Brummen des Motors verstummte. Keiner stieg aus. Das Ungetüm aus Metall stand einfach nur auf dem Parkdeck.

Die hintere Scheibe öffnete sich einen Spalt. Sofort drang ein Schwall Rauch heraus, der steil nach oben stieg und sich dort schnell verflüchtigte. Der Duft war ein süßlicher. Keine Vanille oder dergleichen. Irgendwie unbekannt und doch auf eine bestimmte Art und Weise angenehm. Es war Gras, welches angereichert war mit Süßholz und orientalischen Gewürzen.

Das Fenster wurde wieder geschlossen. Gleichzeitig öffnete sich daraufhin alle Türen des SUV. Kurz darauf standen 5 Männer um das Fahrzeug herum.

Mittlerweile waren alle Parkplätze belegt und die ersten Fahrzeuge stauten sich an der Schranke und wollten rein.

Die Männer setzten sich in Bewegung und gingen in Richtung der Schranke. Kurz darauf überquerten sie die Straße und verschwanden in den schmalen Gassen von Limones Altstadt.

23
Europol und die Medien

Die Reste des Fahrzeuges die man in der Grenzregion der Slowakei und Österreich gefunden hatte, wurden direkt in eine Werkstatt der Europol Österreich in Wien geschleppt. Die Leichen, oder besser gesagt das was von ihnen übrig war, hatte man dem Fahrzeug jedoch vorsorglich entnommen und an die Pathologie eines nahen gelegenen Krankenhauses überstellt. Aus pietätsgründen hatte man davon abgesehen diese zusammen mit dem Fahrzeug nach Wien zu transportieren.

Ein Team der Europol hatte sich zeitgleich zu dem Krankenhaus begeben, um bei der Untersuchung der Leichen zu unterstützen und mögliche Spuren direkt nach Wien zu übermitteln.

Die Leichenfledderer der Pathologie waren bereits seit mehreren Stunden dabei, mögliche Spuren zu sichern. Die ersten Leichen waren bereits untersucht. Die wenigen DNA-Spuren hatte man gesichert und die Daten bereits nach Wien übermittelt. Dabei konnte jedoch nichts Nennenswertes festgestellt werden. Wie auch, waren bei fast allen Leichen nicht mehr als die Knochen übrig. Das DNA-Material, welches sichergestellt wurde, war nicht sonderlich viel. Nach den ersten Untersuchungen konnten jedoch keine Übereinstimmungen zwischen den Leichen und den gespeicherten Daten aller auf dem Server der Europol gelisteten Personen festgestellt werden.

Die Beamten hofften aber noch auf brauchbare Informationen und Spuren bei den verbliebenen Leichen, die noch untersucht wurden. Die restlichen beiden lagen gerade auf den Seziertisch.

Auch wenn nicht mehr als Knochen übrig war, konnte man doch feststellen, dass die Personen bereits tot waren, als das Fahrzeug angezündet wurde. Es konnten an mehreren Knochen kleine Partikel von Metall sichergestellt werden, die nach ersten Erkenntnissen von Munition stammen musste. Abschließende Untersuchungen standen aber noch aus und würden sicherlich auch noch mehrere Tage in Anspruch nehmen.

Das Metallgerippe des Wagens stand mittlerweile in Wien und wurde von einem zehnköpfigen Team aus Spurensicherung, KFZ-Spezialisten und Technikern untersucht. Hier war man allerdings noch nicht sonderlich weit gekommen. Bis auf den Metallrahmen war alles verbrannt. Das Feuer hatte also genug Zeit gehabt sich durch alle Materialien durchzufressen und mögliche Spuren zu vernichten.

Die Identifikationsnummer des Fahrzeuges war gefälscht, das Fahrzeug unter dieser Nummer offiziell gar nicht zugelassen, ja gar nicht existent, was eine Nachforschung fast unmöglich machte. Hier war man in erster Linie auf die Kollegen im Krankenhaus angewiesen. Ohne eine Spur oder einen Hinweis über die Personen würde es sehr schwer werden, das Fahrzeug zu identifizieren und den Halter und mögliche Spuren sicherzustellen. Jedoch gab es auch hier eine Menge technischer Möglichkeiten, doch noch brauchbare Spuren sicherzustellen.

Das würde aber nicht innerhalb von ein paar Stunden möglich sein, sondern würde wahrscheinlich mehrere Tage in Anspruch nehmen.

Sollten sie nichts finden, könnte es womöglich sogar Wochen oder gar Monate brauchen, bis man vielleicht etwas finden würde.

Die Techniker fanden aufgrund von Zeichnungen und Bilder aus dem Internet heraus, das es sich aller Voraussicht nach um einen Dacia Duster oder Lada Niva handeln müsste. Letzterer wurde schließlich favorisiert und man kontaktierte das Werk in Russland um die Identifikationsnummern aller Lada Nivas zu bekommen die in den letzten 20 Jahren vom Band liefen. Das war allerdings schwerer als zunächst gedacht. Nicht, weil die Daten nicht vorlagen, sondern weil das Lada Werk und die russischen Behörden es ablehnten die Daten freizugeben. Somit musste also über Strasbourg ein Gesuch an Russland eröffnet werden, in dieser Sache zu unterstützen.

Wieder wertvolle Zeit die verloren gehen würde und die Aufklärung womöglich um Tage, vielleicht sogar noch einmal um Wochen oder Monate verzögern würde. Russland war in solchen Dingen nicht sehr kooperativ, wenn es darum ging dem Westen bei möglichen Verbrechen zu unterstützen.

Die Pathologen und Ärzte im Krankenhaus hatten da mehr Glück. Die vierte Leiche lieferte brauchbare Spuren, welche in der Datenbank von Europol gelistet war. Die Daten wurden direkt mit Wien abgeglichen und nur Minuten später wurde ein erster Erfolg gemeldet.
Es handelte sich um ein führendes Mitglied der Organisation. Der Organisation, die bereits im Jahr zuvor Teile Europas, besser gesagt Deutschland und Italien, in Atem hielten und für einiges Aufsehen in den Medien sorgte.
Die letzte Leiche wurde nun ebenfalls auf DNA-Spuren untersucht und man war vorsichtig optimistisch auch hier brauchbare Spuren zu finden.
Die ersten Leichen wurden jetzt ebenfalls noch einmal mit der Datenbank abgeglichen in der Hoffnung auch hier vielleicht doch noch DNA-Spuren sicherzustellen. Weitere Abstriche von anderen Knochenteilen sollten hier die notwendigen und brauchbaren Daten liefern. Jedoch war es auch möglich, dass diese Personen bis jetzt noch nicht strafrechtlich erfasst waren. Jedenfalls nicht im System der Europol.
Etwa zwei Stunden später konnte auch bei der letzten Leiche DNA-Spuren sichergestellt werden, die zu einer im Register gelisteten Person der Organisation gehörte. Die beiden Leichen waren also nicht nur

Angehörige der Organisation, sondern auch noch führende Köpfe gewesen. Sie gehörten nach ersten Erkenntnissen und dem was im Register der Europol vermerkt war, zu der Führungsriege der Organisation. Hier hatte die Europol mindestens zwei ganz dicke Fische an der Angel, tote Fische wohlgemerkt.

Der eine musste Pawel Mitailowitch gewesen sein. Er war die rechte Hand der Organisation gewesen. Über ihn gab es bereits unzählige Akten und Europaweit war ein Kopfgeld von 70.000 Euro auf seinen Kopf ausgesetzt gewesen. Er hatte in der Vergangenheit bereits mehrere Auftragsmorde ausgeführt. Jedoch war er in den letzten Jahren von der Bildfläche gänzlich verschwunden.

Der andere, sollte die DNA stimmen, war Anatoli Arkim. Er war der Onkel des im letzten Jahr getöteten Dimitri Arkim. Ihm wird nachgesagt, dass er das Oberhaupt der Organisation war. Jedoch gibt es darüber bis heute keine fundierten Erkenntnisse oder Beweise. Auch er hatte bereits mehrere Kapitalverbrechen, sowie Erpressungen in seinen Akten gelistet. Arkim war zuletzt nach dem Tod seines Neffen kurz in Erscheinung getreten, war aber direkt wieder abgetaucht. Auch auf ihn war ein Kopfgeld von 50.000 Euro ausgesetzt.

In der Öffentlichkeit kannte man „Die Organisation" nicht. Es wurde bis jetzt sehr wenig bis nichts darüber berichtet. Das war vor allen Dingen den europäischen Mitgliedstaaten zu verdanken, die nichts an die

Öffentlichkeit trugen. Auch die Organisation selbst hatte bis jetzt nie ein Interesse gehabt in der Öffentlichkeit in Erscheinung zu treten. Man hatte sich darauf spezialisiert im geheimen zu operieren und die Staaten durch gezielte Attacken zu erpressen. Diese waren bis jetzt immer so effektiv gewesen, dass die Staaten nach kurzer Zeit die geforderten Summen zahlten.

Das jetzt führende Köpfe der Organisation auf einem Seziertisch eines regionalen Krankenhauses in der Grenzregion von Österreich und der Slowakei lag, machte den Leiter der Europol in Wien stutzig. Warum und vor allem wer brachte die Männer um? War etwa ein Krieg unter den Gangs, Organisationen und Banden ausgebrochen? Wollte jemand anderes die Sahne vom Kuchen haben?

Diese und eine Reihe weiterer Fragen kreisten gerade im Kopf von Sir Thomas Millner, den Leiter der Europol-Dienststelle in Wien. Er war bereits seit mehreren Minuten über eine Schalte mit den Staatsekretären der Auswärtigen Ämter aller europäischen Staaten verbunden.

„Bitte bitte meine Herren. So kommen wir doch nicht weiter! Bitte bleiben sie ruhig. Es... Es... Meine Herren, bitte!"

Sir Thomas Millner nahm eine kleine Pfeife aus seiner Tasche, hielt sie an sein Headset und pustete hinein. Ein ohrenbetäubendes Pfeifen zusammen mit einem kratzen unterbrach augenblicklich das wilde Stimmendurcheinander.

„Na also, geht doch!"

Er steckte die Pfeife wieder in seine Tasche. Kurz darauf beendete er die Schalte mit dem Kompromiss, allen Dienststellen die bisher gesammelten Informationen schnellstmöglich zukommen zu lassen.

Des weiteren einigte man sich in einem ersten Schritt darauf die Fahndung nach Mitgliedern der Organisation zu verschärfen. Eine Zusammenstellung der bereits vorhandenen Daten sollte ebenfalls von Europol an die Staaten gehen.

Zudem kam man einstimmig zu dem Entschluss, dass es nun an der Zeit sei, die Medien mit einzubeziehen. Hierzu erklärten sich Frankreich, Deutschland und die Niederlande bereit seriöse und investigative Medien über den Stand der Dinge zu informieren und bestimmte Informationen herauszugeben. Eine Aufstellung hierzu sollte vor Veröffentlichung an die Mitgliedstaaten gehen.

Man war fest entschlossen endlich gegen die erpresserischen Machenschaften der Organisation vorzugehen. Gerade jetzt, so glaubte man, schien sie doch empfindlich geschwächt zu sein.

24
Am Westufer des Gardasees, Montagnachmittag

Die Staatssekretäre von Frankreich, Deutschland und den Niederlanden hatten innerhalb kürzester Zeit ein erstes Statement für ausgesuchte Medien verfasst und diese im Eilverfahren innerhalb einer Stunde von den anderen Staaten genehmigen lassen.

Das Statement wurde per Mail an Reuters, die BBC und die FAZ geschickt. Kurz darauf hatten diese es in den sozialen Medien veröffentlicht. Spätestens am darauffolgenden Tag würde es auch in den großen Zeitungen zu lesen sein, für all die Kunden, die nicht so vernetzt waren und lieber die Neuigkeiten über Printmedien verfolgten.

Durch die im Vorfeld ausgewählten seriösen Medienanbieter wollte man sicher sein, dass die Informationen jeden erreichen würde. Egal ob in der Taiga, in Hanoi, im brasilianischen Urwald oder am schönen Gardasee.

Ob jetzt wirklich jeder zeitgleich die Informationen hatte, konnte nicht genau analysiert werden, aber am Gardasee schlugen die Informationen innerhalb kürzester Zeit ein.

Botatzi und di Gallo saßen beide in einer Ecke der Questura und tranken einen Kaffee. Di Gallo hatte sein Tablet vor sich liegen und war gerade dabei einen

Bericht von Chievo Verona zu lesen, als am oberen Rand des Bildschirms die Breaking News von dem Vorfall in Österreich und der Slowakei durchlief. Vor Schreck ließ er seinen Becher fallen. Botatzi blickte ihn leicht erschrocken und fragend an. Dieser drehte nur sein Tablet zum Commissario.

„Mamma mia! Das darf doch nicht wahr sein. Das glaube ich nicht.", sagte Botatzi und blickte noch immer auf die sich wiederholende Breaking News.

„Das ist hoffentlich ein Scherz!", sagte di Gallo und blickte zu Botatzi.

Zur gleichen Zeit hatte Luigi Schifferle gerade an der Piazza Feltrinelli in Gargnano bei Agust Platz genommen und wartete auf seinen Espresso. Er blickte ins Innere des kleinen Bistros, wo ein Radio lief.

„...parecchi morte ...Repubblica d'Austria e Slovacchia... Organizzazione..."

Luigi stand auf und ging ins Innere. Er starrte auf das Radio.

„Was haben die gerade in den Nachrichten gebracht? Oder war das ein Hörspiel?", fragte Luigi den Angestellten hinter dem Tresen.

Der blickte ihn nur an und zuckte mit den Schultern.

Schifferle nahm sein Handy aus der Hosentasche und tippte Organisation in die Suchmaschine.

Direkt öffnete sie sich und ganz oben stand die Meldung, die bereits Botatzi und di Gallo angezeigt bekamen. Er drehte sich nochmals zum Tresen.

„Einen Fernet prego, einen doppelten, nein lieber direkt einen vierfachen!"

Luigi drehte sich wieder um, verließ das Innere und ging zurück zu seinem Platz an der Promenade.

Eine Minute später brachte der Kellner ihm den bestellten Espresso, sowie einen vierfachen Fernet im Weinglas. Luigi setzte das Glas an und kippte den kompletten italienischen Magenbitter hinunter. Der Kellner blickte ihn nur mit großen Augen an, nahm das leere Glas und verschwand wieder im Inneren seines Bistros.

Luigi blickte ins leere. In seinem Kopf ratterte es. All die Erinnerungen des letzten Jahres kamen wieder hoch. Die bangen Stunden in seinem Restaurant. Die Fahrt mit diesem Arkim im Fiat Panda. Die Schießerei in Tignale. Ihm wurde schlecht. Luigi musste sich am Tisch festhalten. Alles in seinem Kopf begann sich zu drehen. Sein Umfeld verschwand im Nebel, die Geräusche um ihn herum hörten sich dumpf und entfernt an.

„Signore?... Signore? Geht es ihnen nicht gut Signore?"

Luigi blickte in das Gesicht des Kellners, der zusammen mit einigen anderen um ihn herumstand. Eine ältere Frau fächelte ihm mit einer Zeitung Luft zu. Ein Mann hielt ihm seine Wasserflasche hin. Luigi starrte noch immer ohne Regung ins leere.

„Signore? Hören Sie mich Signore?"

Luigi nickte schwach. Die Stimmen wurden wieder klarer und auch der Nebel vor seinen Augen verschwand langsam.

Der Kellner huschte ins Innere und kam Sekunden später mit einem Fernet zurück.

„Grazie mille. Vielen Dank. Es ist wieder gut. Mir war nur plötzlich… Ich musste an was denken…, was…", entschuldigte sich Luigi.

Die ältere Frau bekreuzigte sich mehrmals. Alle Anwesenden sprachen wild durcheinander, tätschelten Luigi und lächelten ihn an. Er nahm den Fernet und nippte diesmal nur daran. Er bedankte sich nochmals bei allen. Nach und nach löste sich die Menge auf. Wenig später war wieder alles wie immer. Luigi und noch einige andere saßen an den Tischen der Bistros und genossen die Sonne und Stille des kleinen Ortes.

Botzatzi und di Gallo saßen in ihrem Büro und blickten beide starr auf den Bildschirm des Tablets. Dort lief bereits seit mehreren Minuten der Nachrichtenkanal von Rai Uno. Immer wieder kam die Meldung von dem Vorfall in der Grenzregion von Österreich und der Slowakei. Und bereits jetzt wurden die ersten Parallelen zu den Zwischenfällen in Limone und Garda gezogen.

„Denken Sie auch dass es dort eine Verbindung geben könnte, Commissario?", fragte di Gallo ohne den Blick vom Bildschirm zu lassen.

Botatzi zuckte nur mit den Schultern.

„Ich weiß es nicht Sergente. Möglich ist es. Aber vielleicht ist alles auch nur ein dummer Zufall.", sagte Botatzi leise.

Beide blickten wieder auf den Bildschirm, wo noch immer über die Vorfälle berichtet wurde.

Das Klingeln von Botatzis Mobiltelefon ries beide aus ihren Gedanken. Er blickte auf das Display. „Luigi" leuchtete auf. Stefano nahm es in die Hand. Er überlegte kurz und nahm dann das Gespräch entgegen.

„Ciao Luigi. Du es ist gerade ganz schlecht…"

„Ich weiß!", unterbrach Luigi direkt.

„Hast du auch…?", fragte Luigi.

„Ja."

„Stefano, ich… ich… Ich bin mir nicht sicher, aber… ich hatte vor etwa einer Stunde eine beinahe Kollision mit einem schwarzen SUV, ein asiatisches Fabrikat vielleicht. Es war ein ausländisches Kennzeichen. Keines von hier…"

Stefano hatte mittlerweile an seinem Telefon den Lautsprecher aktiviert. Di Gallo hörte angeregt zu.

„Bist du noch dran Stefano?"

„Si Luigi. Der Sergente hört mit.", antwortete Botatzi knapp.

„Es war im Tunnel. An der gleichen Stelle wo vor einem Jahr die Leichenwagen…"

Luigi stockte. Für einen kurzen Augenblick war es still in der Leitung. Nur ein leises rauschen.

„Also… ich habe das Kennzeichen notiert! Willst du es überprüfen?"

Botatzi stieß di Gallo an und gab ihm zu verstehen, dass er einen Stift und einen Zettel brauchte.

„Lass hören Luigi!", antwortete Botatzi.

„IL 2485SA. Es war ein schwarzer großer Wagen. Vielleicht ein Toyota. Es könnte aber auch ein Ford oder VW gewesen sein."

Botatzi notierte die Informationen.

„Grazie mille Luigi. Wir werden es überprüfen! Wo bist du gerade?"

„In Gargnano. Ich habe einen Termin in der Limonaia. Ich möchte die Produkte in meinem Restaurant einbringen und bin deshalb vor Ort.", erklärte Luigi.

„Pass auf dich auf Luigi. Wir hören wieder voneinander."

Botatzi legte auf. Er schaute di Gallo an und gab ihm wortlos den Zettel mit den Informationen.

Zur gleichen Zeit gar nicht so weit von Luigi entfernt, Luftlinie natürlich, hatten die Insassen des SUV die belebten Altstadtgassen von Limone erreicht. Allerhand Touristen drängten und schlängelten sich durch die engen Gassen bis hinunter zur Promenade.

Der Duft von Pizza, frischem Obst und Gemüse und der laue Wind vom See, zogen durch die Gassen. Es war schattig zwischen den alten Gemäuern und nur selten drückten sich die Sonnenstrahlen bis zum Boden. Trotzdem war die Temperatur warm und schwül. Der Wind, der durchzog brachte keine wirkliche Abkühlung.

Die Männer waren auf dem Weg zum alten Hafen. Zielstrebig gingen sie an den vielen kleinen Geschäften vorbei. Sie hielten nicht an. Sie schauten noch nicht einmal was angeboten wurde. Sie interessierten sich weder für Mützen noch für Wein oder Gewürze. Und schon gar nicht für Postkarten und Aschenbecher vom Gardasee.

Wenig später erreichten sie den völlig überfüllten kleinen alten Hafen. Gerade war ein Boot voller Touristen aus Malcesine angekommen.

Weiter draußen stand bereits ein weiteres, welches aus Riva kommen musste. Die Touristen drängten sich dicht an dicht den schmalen Weg am Hafen entlang. Neben deutsch konnte man auch vereinzelt italienisch, englisch, französisch und holländisch heraushören. Die Gestalten aus dem SUV gingen direkt zur Bar Al Porto und setzten sich an einen Tisch.

„Mehmet schau mal ob du was herausbekommst hier.", sagte der älteste.

„Warum ich Bro?"

„Weil du ein Moslem bist und keinen Alkohol trinkst! Und nenn mich nicht Bro, verstanden?", zischte der Alte.

Widerwillig stand Mehmet auf und ging die Promenade entlang. Die verbliebenen vier Männer blieben sitzen und bestellten erst einmal eine Runde Bier und Wein.

Angeregt unterhielten sie sich über das Wetter, den See und die Fußballergebnisse des letzten Wochenendes, ohne aber dabei die Umgebung aus den Augen zu lassen. Es wurde gelacht und keiner der umliegenden Tische ahnte auch nur im Geringsten, dass diese fünf Männer noch vor wenigen Stunden eiskalt gemordet hatten und in Österreich ein Massaker angerichtet hatten. Sie benahmen sich wie einfache Touristen.

Zwanzig Minuten später war Mehmet wieder zurück. Er setzte sich auf den freien Stuhl und bestellte sich erst einmal einen Pfefferminztee.

„Auf dem anderen Platz waren welche, die waren anwesend als das Boot hier lag.", fing er an zu erzählen.

„Die sagten, dass es hier an dieser Mauer gelegen hatte. Eingeklemmt zwischen den Bohlen dort."

Mehmet deutete mit einem Nicken auf die Stelle, wo vor zwanzig Minuten noch das Touristenboot lag und Urlauber an Land kamen.

„Und weiter? Was hast du noch herausbekommen?", fragte der Alte.

„Langsam Bro… äh Hans. Sie sagten es sei richtig was los gewesen. Alles sei abgesperrt gewesen. Mehrere Stunden. Kein Boot durfte festmachen, weder hier noch an der Anlegestelle weiter hinten. Alles sei abgesperrt gewesen bis zur neuen Promenade weiter hinten. Zwei Tote hätte man aus dem Boot geholt.", erzählte Mehmet weiter.

„Wer waren die Toten?", fragte ein kleiner Dicker.

„Keine Ahnung Wotan. Das konnte mir keiner sagen. Aber ich gehe mal davon aus das es unsere Gesuchten waren. Sie sagten etwas von einem Mann und einer Frau.", fuhr er fort, wurde aber wieder unterbrochen.

„Wo hat man sie hingebracht?", fragte jetzt ein weiterer, bullig wirkender Osteuropäer mit kantigem Gesicht und kurzen Haaren.

„Was weiß ich! Frag mich nicht!"

„Du hast dich doch erkundigt?", zischte jetzt der letzte in der Runde, der ähnlich wie der bullige, Osteuropäer war, jedoch schmierige längere Haare hatte und einen zotteligen Bart.

„Pssssst. Nicht so laut. Wir sollten vermeiden aufzufallen.", beruhigte der Alte die aufgeheizte Stimmung.

„Einer sagte noch, dass man das Boot weggeschleppt hat. Nach Gargano oder so."

„Gargnano!", erwiderte Hans, der Alte mit silbergrauem Haar.

Er war es auch der dem Kellner winkte. Sie zahlten und verließen daraufhin die Bar. Kurz darauf waren sie wieder in den Massen verschwunden.

25
Residence Villa Rosa Garda, zur gleichen Zeit

Noch immer durfte niemand der Gäste die Residence Villa Rosa und somit Garda verlassen. Jedenfalls nicht um nach Hause oder an einen anderen Ort zu reisen. Einzig Ausflüge in die näheren Orte waren nach vorheriger Genehmigung durch die ansässige Polizeidienststelle erlaubt.

Während fast alle in Garda, Bardolino oder Lazise waren, hatten es sich Mandy und Kevin-Enrico im hinteren Teil der Residence gemütlich gemacht. Sie waren eifrig damit beschäftigt, das zu tun, was ein Italiener niemals auf fremdem Boden und im Freien tun würde.

Splitterfasernackt wälzten sich beide auf der Wiese hinter dem Kyosk One und hatten dabei augenscheinlich vergessen, dass sie eigentlich nicht alleine waren und man von allen Seiten auf das Grundstück schauen konnte. Zudem konnte jederzeit jemand vorbeikommen und beide bei dem erwischen, was man normalerweise in trauter Zweisamkeit unter Ausschuss der Öffentlichkeit im Apartment machen sollte.

Allerdings waren beide so damit beschäftigt, dem jeweils anderen die letzten Kleidungsstücke vom Leib zu reißen, dass keiner von beiden bemerkte das sie aus dem Busch heraus beobachtet wurden.

Mandy und Kevin-Enrico waren mittlerweile an der Wand des Kyosk One angekommen. Mandy stützte sich ab und Kevin-Enrico presste sich von hinten an sie ran. Sie quickte auf.

„Oh, du Tiger. Kevin-Enrico, du bist ein Tiger!"

„Ja meine kleine scharfe Elfe. Du machst mich ganz wild!"

Beide waren so mit sich beschäftigt, dass sie nicht merkten, dass die Gestalt aus dem Busch langsam näher kam.

„Ich will das du mir auch Tiernamen gibst! Ich will keine süße Elfe sein!"

Kevin-Enrico stockte für einen Augenblick. Er überlegte wohl.

„Los Miss Piggy. Mach mir die Sau!", platzte es jetzt aus Kevin-Enrico raus.

„Da bist du ja Achille!", ertönte es plötzlich von hinten.

„Ahhhhhhhhhhh…! Mamma Mia!", folgte es direkt.

„Ahhhhhhhhhhh… Scheiße! Ich stecke fest!", ertönte es jetzt auch schmerzverzerrt von Kevin-Enrico.

„Was machst du? Geh weg von mir!", schrie Mandy jetzt auf.

„Ich kann nicht! Es geht nicht!", schrie Kevin-Enrico jetzt.

„Oh Gott! Ich habe einen Krampf!", erwiderte jetzt auch Mandy.

Achille fand das alles super. Er bellte jetzt, begrüßte erst Paolo, der Mandy, Kevin-Enrico und den Rezeptionshund entdeckt hatte. Danach eilte er zu Mandy und Kevin-Enrico. Er sprang an beiden hoch und war ganz außer sich.

„Ahhhhhhhhhh… was macht der Hund denn da? Verflucht, diese Schmerzen! Jetzt hör endlich auf dich zu bewegen!", schrie Kevin-Enrico Mandy unter Schmerzen an.

„Ich mach gar nichts! Und hör auf mich anzuschreien. Du steckst doch in mir!", erwiderte Mandy mit ebenfalls schmerzverzerrter Stimme.

Paolo kam näher und zog Achille zu sich. Dann blickte er beide von der Seite an. Er musste grinsen.

„Was macht ihr beide da?", wollte er wissen.

„Das ist jetzt nicht dein Ernst?", sagten beide gleichzeitig.

„Ich stecke fest!"

„Ich sehe si. Ich hole Krankenwagen!"

„Nein, nein!", erwiderten Mandy und Kevin-Enrico panisch.

„Kein Krankenwagen. Das ist peinlich. Wenn das jemand sieht!", sagte Mandy.

„Ich sehe es. Ich hole Krankenwagen oder wollt ihr hier so bleiben, bis alle wieder da sind? Das wird dann richtig peinlich."

„Nein, nein nur das nicht!", sagte Kevin-Enrico panisch.

Ohne Blaulicht und Sirene stand der Krankenwagen eine knappe viertel Stunde später in der Anlage. Die Sanitäter staunten nicht schlecht als sie hinter das Kyosk One kamen und Mandy, sowie Kevin-Enrico dort in einer etwas komischen Situation und Lage vorfanden. Beide konnten sich ein Grinsen nicht verkneifen. Auch der hinzukommende Notarzt musste grinsen. Sowas bekamen sie schließlich nicht allzu oft zu sehen.

Da der Notarzt vor Ort nichts ausrichten konnte und auch keine Lebensgefahr bestand entschied er sich beide mit ins Krankenhaus zu nehmen und durch die Spezialisten vor Ort fachmännisch wieder voneinander zu trennen.

Das war allerdings nicht ganz so einfach. Jede Erschütterung und auch Bewegung verursachte höllische Schmerzen bei beiden. Und da Mandy und Kevin-Enrico erst auf die Liege und dann ins Fahrzeug mussten, kamen da schon einige Erschütterungen und Bewegungen zusammen.

Und das waren nur die vor Ort. Der Transport ins Krankenhaus bei den teilweise schlechten Straßenverhältnissen und den abenteuerlichen fahrerischen Leistungen der Italiener würde nochmals einige schweißtreibende Situationen hinaufbeschwören.

Und dann war da noch das Bild was beide bereits auf der Liege abgaben. Aus dem Grinsen der Sanitäter und des Notarztes war ein schallendes Gelächter geworden. Und auch Paolo konnte sich ein Grinsen nicht mehr verkneifen.

„Keine Sorge. Niemand ist in der Anlage. Niemand! Außer mir. Und von mir erfährt niemand etwas, amici.", sagte Paolo und nickte.

Dann verschwanden Mandy und Kevin-Enrico im inneren des Krankenwagens. So schnell wie er gekommen war, war er auch wieder verschwunden.

Das alles geschah unbemerkt, dachte zumindest Paolo. Und auch Mandy und Kevin-Enrico waren dieser Überzeugung.

Friedhelm allerdings hatte alles festgehalten. Er war im Apartment verblieben und musste wohl eingeschlafen sein. Gudrun hatte sich mit Martina Knubbe nach Garda begeben. Sie wollte einfach nur raus und Martina begleitete sie, nachdem Friedhelm keine Lust dazu hatte.

Dieser hatte in den letzten Minuten das beste Ferienprogramm „ever" gehabt. Neben unzähligen Fotos der beiden hatte er auch mehrere Videos gedreht.

Friedhelm saß auf dem Bett und schaute zum wiederholten Male auf die Bilder seiner Kamera. Ein Grinsen huschte über sein Gesicht.

Die gedrehten Videos hatte er sich ebenfalls schon angeschaut. Mehrmals musste er laut lachen. Aus Scham und Angst das ihn jemand hören könnte, hatte er sich in seinem Apartment eingeschlossen, Fenster und Türen hatte er vorsorglich geschlossen.

Eine Flasche Bardolino stand auf dem Tisch. Dazu eine Flasche Grappa. Immer wieder nahm er abwechselnd einen Schluck.

Paolo indessen nahm Achille auf den Arm und trug ihn in die Wohnung. Er war so froh, dass sein Hund wieder da war. Das Friedhelm die ganze Zeit auf dem Balkon seines Apartments stand, hatte selbst er nicht mitbekommen.

26
Limone sul Garda,
Montag Spätnachmittag

Am Gebäude der Polizia Locale am Museo del Tourismo unweit der großen Promenade in Limone sul Garda hatten sich eine Vielzahl von Touristen und Einheimischen eingefunden. Nicht um das kleine, mit Liebe eingerichtete Museum zu besuchen, welches wirklich sehenswert war, sondern um sich beim Beamten der Polizia Locale zu beschweren.

Grund der geballten Beschwerdewelle, die sich bereits über den Vorplatz zog, waren nicht etwa Taschendiebe oder organisierte Bettlergruppen, sondern die aufdringlichen Insassen des SUV, die penetrant jeden zweiten Passanten an der Promenade ausgefragt hatten. Sie gaben sich, wie sich herausstellte nicht mit kurzen, knappen Informationen zufrieden, sondern hinterfragten hartnäckig jede noch so kleine Spur und schreckten auch nicht davor zurück den ein oder anderen zu bedrohen.

Um an Informationen zu kommen, war ihnen jedes Mittel recht gewesen.

Dieser Mehmet, der die Promenade am alten Hafen abgegangen war und schon einige Informationen zusammengetragen hatte, tat dies auf eine Art und Weise, die nicht aufdringlich war. Auf dem Weg zurück zum Parkplatz übertrieben es die anderen jedoch und gaben sich auch als Polizisten und Staatsbedienstete aus. So konnten sie auf einen Großteil der befragten Touristen Druck ausüben.

Sie kamen innerhalb kürzester Zeit zu weitaus mehr Informationen als es Mehmet in der knappen Stunde an der Promenade geschafft hatte. Und das alles auf dem Rückweg von der Bar Al Porto zum Parkplatz.

Diese Befragung hätte auch sicherlich noch eine ganze Weile so weiter funktioniert, wären Wotan und Pavel nicht an zwei Polizisten aus Italien und Deutschland geraten. Diese wurden misstrauisch und wollten natürlich den Dienstausweis sehen.

In beiden Fällen konnten Pavel, Wotan und die anderen gerade so entkommen. Um nicht noch mehr Aufmerksamkeit auf sich zu ziehen, verschwanden sie ohne weiteres Aufsehen zum Parkplatz. Kurz darauf verließ der SUV das Parkdeck und bog auf die Gardesana in Richtung Gargnano.

„Commissario…? Hier spricht Fabrizio Bano von der Polizia Locale in Limone sul Garda… Si… Si va bene…"

Fabrizio Bano hatte sich seinen Tagdienst wesentlich entspannter vorgestellt, als er sich gerade entwickelte. Vor seiner Türe standen etwa zwanzig Personen. Alle waren ziemlich aufgebracht, unterhielten sich und drängten sich zum Eingang seines kleinen Dienstzimmers.

Normalerweise gab es nicht allzu viel zu tun. Meist waren es in der Tagschicht nicht mehr als ein paar Runden durch Limone. Manchmal kam ein kleiner Unfall hinzu oder auch mal ein Taschendiebstahl. Aber das heute sprengte alles bisher erlebte. So viele aufgebrachte Personen hatte er zuletzt bei der Fußball Weltmeisterschaft 1990 gesehen, als die Squadra Azzurra das Halbfinale gegen Deutschland verloren hatte. Seitdem waren ein paar Jahre vergangen und aus dem damals jungen sportlichen Fabrizio Bano war ein kurz vor der Pension stehender kurzatmiger und dickbäuchiger Beamter geworden.

„Commissario…? Hier spricht Fabrizio Bano von der Polizia Locale… Si… Das hatte ich eben schon ihren Kollegen gesagt… Si…"

Botatzi war am anderen Ende der Leitung. Er verdrehte die Augen und hasste diese Anrufe von irgendwelchen Beamten der Polizia Locale die meist nur irgendwelche kleinen Kriminaldelikte hatten, die oftmals selbst ein zehnjähriger Junge lösen könnte.

„Sie haben mit mir gesprochen Signore… Wie war noch gleich ihr Name…?"

„Bano, Fabrizio Bano!"

„Ich kenne eigentlich nur Al Bano…"

Botatzi grinste und di Gallo verschluckte sich an seinem Wasser, das er gerade aus einem Glas trank. Er musste fürchterlich husten.

Di Gallo saß auf seinem Stuhl und hörte weiterhin vergnügt zu.

„Ja, ich auch. Die Witze sind fad und durchgedroschen!", antwortete der Beamte jetzt am anderen Ende der Leitung.

Botatzi hörte auf zu grinsen und auch di Gallo schaute jetzt ernst, als wollte er damit den Einwand des Beamten unterstreichen.

„Scusi Signore Bano. Wie kann ich Ihnen helfen?"

Botatzi hörte sich alles an was Fabrizio Bano zu sagen hatte. Das Grinsen war bereits seit dem platten Namenswitz aus seinem Gesicht gewichen. Mittlerweile schaute er sehr ernst und di Gallo hatte sich bereits einige Notizen gemacht.

„Die Leute sagen sie seien alle von mehreren Personen, meist mit osteuropäischem Akzent über die Vorfälle am Hafen vor wenigen Tagen ausgefragt worden. Sie sind alle sehr aufgebracht.", beendete Bano seine Ausführungen.

„Wir kommen so schnell wie möglich nach Limone. Nehmen sie bitte alle Personalien auf. Wenn möglich sollen die Personen warten.", wies Botatzi, Bano an und legte auf.

Minuten später waren Botatzi und di Gallo bereits auf dem Weg zum Hafen. Von dort würden sie mit dem Schnellboot der Wasserschutzpolizei den Weg nach Limone nehmen. Das ging wesentlich schneller als durch die Tunnel der Gardesana. Besonders jetzt, wo der Verkehr mal wieder unerträglich war.

Das Schnellboot stand bereits an der Kaimauer. Der Motor lief und es sprudelte seicht am Heck. Eine blaugraue Wolke stieg von der Seite hoch. Der Wagen von Botatzi hielt am Hafen. Beide sprangen aus dem Auto und gingen schnellen Schrittes auf das Boot zu. Der Kapitän startete die Motoren. Die blaugraue Wolke nebelte das ganze Ufer ein und das Seichte sprudeln wuchs zu einem wilden Blubbern an.

Das Schnellboot löste sich von der Kaimauer und entfernte sich innerhalb weniger Sekunden auf den See hinaus.

Di Gallo und Botatzi standen beide an Deck. Der Wind, der ihnen entgegenwehte, war warm. Beide schauten nachdenklich und leer auf den See hinaus.

„Haben Sie das Kennzeichen bereits überprüfen lassen Sergente?", fragte Botatzi jetzt.

Aus den Augenwinkeln heraus sah er wie der Sergente aufgeregt sein Handy nahm und etwas eintippte.

„Si Commissario. Gerade jetzt. Grazie."

27
Residence Villa Rosa, Garda
Montag Spätnachmittag

Mittlerweile waren alle Gäste wieder in der Anlage. Alle? Nein, denn Mandy Böll und Kevin-Enrico Klimowitcz fehlten. Paolo hatte niemandem etwas über den Vorfall erzählt. Zudem waren alle damit beschäftigt, Achille zu herzen, der ja auch wieder da war.

Mandy und Kevin-Enrico hatte man ins nahe gelegene Krankenhaus nach Peschiera del Garda gebracht. Hier gab es sehr gute Ärzte, die, dank der vielen Touristen schon fast alles gesehen hatten. Und es gab nichts was sie nicht lösen konnten. Im Moment galt es vorrangig Mandy und Kevin-Enrico voneinander zu lösen.
Normalerweise half hier meist eine Spritze, die, wenn man sie an der richtigen Stelle injizierte, innerhalb weniger Minuten krampflösend wirkte. Jedoch hatte das Krankenhaus momentan nicht die richtige Spritze vorrätig und so musste eine andere Lösung gefunden werden.
„Mamma Mia. Bringt sie ins Untergeschoss. In Raum U.1.002. Schwester Claudia wird auch gleich da sein.", sagte der Arzt der Notaufnahme.

„Eine Runde Gardasee Gin-Tonic für alle."

Paolo winkte Yvonne. Sie war bereits dabei etwa ein dutzend Gläser mit Gin zu füllen. Valeria goss mit Tonic nach. Achille saß auf einem Stuhl, hechelte und schaute unschuldig in die Runde.

Gudrun und Friedhelm saßen gemeinsam mit Martina Knubbe an einem kleinen Tisch in der Nähe des Pools. Dieser war noch immer abgedeckt und abgesperrt.

„Wo ist eigentlich das junge Pärchen? Ich habe sie seit gestern Abend nicht mehr gesehen.", fragte Martina in die Runde.

Gudrun schüttelte nichtsahnend den Kopf. Friedhelm starrte nur grinsend ins leere.

Paolo kam mit einem Tablet voll Gläser an den Tisch.

„Gin Tonic? Echte Gardasee Gin Tonic!"

„Sehr gerne.", nickte Gudrun.

„Ich auch bitte.", sagte Martina.

Friedhelm winkte dankend ab. Er mochte keinen Gin, seit er schlechte Erfahrungen mit diesem Getränk gemacht hatte.

„Magst du anderes? Vielleicht ein Bier? Oder Wein?", fragte Paolo.

„Mhhhhhh… Ein Bier wäre prima. Ein Moretti vielleicht?"

„Gerne. Bring ich sofort!"

Paolo verschwand wieder zur Theke und kam nur Sekunden später mit einem Moretti zurück.

„Sollen wir Paolo mal fragen? Vielleicht weiß er wo…?", fragte Martina, nachdem jeder einen Schluck genommen hatte.

„Was?", wollte Gudrun wissen.

„Na was mit dieser Mandy und ihrem Freund ist!"

Martina nippte wieder an ihren Gin-Tonic und schaute fragend in die Runde.

Mandy und Kevin-Enrico hätten in diesem Moment sicherlich auch viel lieber einen Gin-Tonic gehabt. Stattdessen waren beide in einem sterilen Raum im Untergeschoss. Weise Wände, Fließen und Neonlicht. Es war still. Sehr still. Nur das Flackern und Knistern einer der Neonleuchten war zu hören. Noch immer konnten sich beide nicht bewegen. Sie waren seit dem Vorfall im Garten der Residence Villa Rosa auf schmerzliche Art und Weise miteinander verbunden.

Schritte waren zu hören. Ohne anklopfen öffnete sich die Türe. Mehrere Personen betraten den Raum.

„Va bene. Dann wollen wir mal schauen das wir sie wieder getrennt bekommen!", sagte eine männliche Stimme.

Mandy und Kevin-Enrico hätten am liebsten den Raum verlassen. Aber es ging nicht. Beide versuchten sich panisch in die Augen zu schauen. So ganz gelang das aufgrund der derzeitigen Situation allerdings nicht. Schweiß lief beiden die Stirn hinunter.

„Wir haben leider nicht die richtigen Spritzen hier. Daher werden wir versuchen, sie anders voneinander zu trennen.", sagte eine weibliche Stimme.

Die Stimmung in der Residence Villa Rosa war ausgelassen. Aus einer Runde Gin-Tonic waren mittlerweile mehrere geworden.
Paolo wirbelte von Tisch zu Tisch, während Yvonne und Valeria für Nachschub sorgten.
Als er am Tisch von Gudrun, Martina und Friedhelm vorbeikam, stoppte er.
„Noch ein Bier? Oder vielleicht einen Gin-Tonic?", fragte Paolo in die Runde.
„Noch eine Runde und eine Frage Paolo.", bestellte Martina.
„Si, sehr gerne."
Er schaute sie fragend an.
„Ach so, ja. Wir haben uns gefragt, wo das junge Pärchen ist. Wir haben sie schon lange nicht mehr gesehen. Sind sie abgereist?"
„No, no, no. Das geht doch gar nicht. Ist verboten.", antwortete Paolo wie aus der Pistole geschossen.
Gudrun nickte. Friedhelm grinste innerlich.
„Ja, aber…"
„Vielleicht sie sind auf Apartment. Musse ja niemand hier sitzen und fröhlich sein!", sagte Paolo noch und verließ zügig den Tisch.

„Ahhhhhhhhhhhhhhhhhhhhhhhh. Nein, nein, nein… Stopp! Stopp!"

Mandy war schweißgebadet. Der anwesende Arzt und die beiden Schwestern hielten inne.

„Si, Signorina. Noch einmal auf die Zähne beißen. Wir haben es fast geschafft. Der Krampf hat sich schon etwas gelöst."

Kevin-Enrico lag ebenfalls schweißgebadet auf der Liege. Man hatte beide gewendet, so dass Mandy oben war. Kevin-Enrico hatte sich eine Beruhigungsspritze geben lassen. Allein die Wendung war schmerzhaft gewesen. Ihm kam es vor als würde seine Leiste und alles was dort war abreißen.

Aber die Spritze wirkte prima. Der Schmerz war da, aber irgendwie war es ihm egal. Eine verdammt gute Spritze war das.

„Signorina, wir werden ihnen jetzt doch eine Spritze geben. Eine Spritze wie sie sonst nur Frauen bekommen bei der Geburt. Wir hoffen damit den Krampf zu lösen. Sollte das nicht funktionieren, werden wir Sie nach Verona transportieren müssen. Dort wird man dann andere Möglichkeiten haben.", erklärte der Arzt ihr ruhig.

Mandy nickte nur. Ihr war alles Recht, Hauptsache das ganze hier hatte ein Ende.

In der Residence Villa Rosa konnte sich nur Paolo vorstellen, was Mandy und Kevin-Enrico durchmachten. Schließlich hatte er sie inflagranti erwischt, oder besser gesagt Achille.

Die meisten Gäste waren mittlerweile in ihren Apartments verschwunden. Es wurde ruhig am Kyosk One. Nur noch wenige Tische waren belegt. Auch Gudrun, Martina und Friedhelm waren noch da.

Bei allen dreien schlich sich aber langsam Müdigkeit ein. Einer nach dem anderen musste gähnen. Paolo kam wieder vorbei, blieb aber nicht stehen, sondern ging mit einem kurzen Blick zum Tisch weiter. Sein Handy läutete. Er nahm es aus seiner Hosentasche und ging ran.

„Si. Oh. Grazie mille… Aber wir haben unseren Hund wieder. Si… Signore… Si… Er ist wieder da… Rinderblut?"

Paolo lachte laut auf.

„Si. Sicher. Si. Grazie Signore. Ciao."

Paolo ging eilig zum Kyosk One. Valeria und Yvonne schauten ihn fragend an.

„Es war die Polizei. Sie hatten das Blutergebnis was sie hier genommen hatten als Achille verschwunden war. Es war Rinderblut.", erklärte er.

„Ah si. Deshalb du hast gelacht?", unterbrach ihn Yvonne.

„Si. Der Sergente sagte noch, dass alle weiterhin hier sein müssen. Man ist wohl immer noch nicht weiter gekommen in der anderen Sache."

Er schaute wehmütig zum dem mittlerweile im Dunkeln liegenden, immer noch abgesperrten Pool.

„Geschafft Signorina! Wir haben es geschafft!"

Sie hoben Mandy von Kevin-Enrico hinunter. Der Krampf hatte sich endlich gelöst. Völlig fertig und schweißgebadet legte man sie auf die andere Liege.

„Wir werden sie in ein Familienzimmer legen. Die Nacht bleiben Sie beide hier. Sie brauchen Ruhe. Morgen früh werden wir sie nochmals untersuchen. Wenn alles in Ordnung ist, können sie morgen früh wieder in ihre Unterkunft.", sagte der Arzt, nickte und verließ den Raum.

Mandy schloss die Augen. Sie war müde und wollte nur noch schlafen. Ob hier im Krankenhaus oder in ihrem Apartment in Garda war ihr momentan egal. Kevin-Enrico schlief bereits. Nur ein leises schnarchen war von der Nachbarliege zu hören.

28
Gargnano
etwa zur gleichen Zeit

Der SUV erreichte die Ortsgrenze von Gargnano.

Durch den Verkehr hatte der Wagen fast eine Stunde für die knapp zwanzig Kilometer von Limone sul Garda benötigt. Normal wäre etwa die Hälfte der Zeit gewesen. Aber sie wollten nicht mehr auffallen, nachdem es in Limone nicht ganz so optimal lief. Was mussten auch Polizisten unter den Befragten sein.

Gut, es war sicherlich nicht ganz geschickt gewesen, wie sie es dort angestellt hatten. Die Befragung, das aufdringliche und die teils bedrohlich wirkende Gestik. Hans hoffte inständig, dass sie nicht so aufgefallen waren, dass man nach ihnen suchen lassen würde. Noch wusste die Gruppe allerdings nicht, dass die Aktion in Österreich bereits bekannt war und dass man über die Medien bereits Informationen gestreut hatte. Hans mochte weder Radio noch Musik bei der Autofahrt. Daher war das Radio meist stumm. Auch hatte niemand von ihnen in den letzten Stunden über soziale Medien oder Seiten im Internet irgendwelche Informationen abgreifen können.

Hans saß am Steuer des SUV und lenkte ihn ohne Aufsehen die Straße entlang. Vorbei an der Kirche, am Parkdeck und weiter in Richtung der Villa Bettoni.

Hinter dem Kreisel bog der SUV ab zum See und hielt kurz darauf auf einem Parkplatz. Alle stiegen aus und gingen zum angrenzenden kleinen Hafen.

Hier lag eine Vielzahl von Booten. Die meisten waren Sportboote oder kleinere Segelboote. Nur einige größere Yachten standen hier und in der angrenzenden kleinen Werft.

Meist waren es private Besitzer aus den umliegenden Orten, die hier ihre Boote überwinterten oder die ein oder andere Inspektion machen ließen.

Hans, Wotan, Mehmet, Pavel und Vladimir waren aber nicht hierhergekommen, um sich die Boote anzuschauen. Sie suchten die eine, die Yacht die bereits Tage zuvor für Aufsehen in Limone gesorgt hatte.

„Vladimir und Pavel, ihr schaut euch im linken Teil um. Mehmet, Wotan und Ich gehen den rechten Teil ab. Wir treffen uns hier wieder. Fallt nicht auf und seht euch vor!", sagte Hans noch.

Dann trennten sie sich und verschwanden kurz darauf zwischen den Booten.

Vladimir und Pavel gingen die linke Seite des Hafens ab. Aber bereits nach wenigen Metern standen sie an einer kleinen Mauer, der mit einem rostiger Metallzaun versehen war. Hier endete der Teil des Hafens bereits. Auf der anderen Seite waren Sträucher und einige Bäume. Weiter hinten stand ein Bungalow. Pavel und Vladimir drehten um und gingen langsam zurück.

„Also hier werden wir nichts finden. Das war einfach. Lass uns zurück zum Treffpunkt gehen.", sagte Pavel. Die anderen hatten da schon etwas mehr Glück. Nachdem Mehmet, Wotan und Hans zwischen den Booten hindurch waren, standen sie am Ufer des Sees. Linker Hand interessierte sie nicht. Hier waren ja Pavel und Vladimir zugegen. Es ging ein leichter warmer Wind. Bis zum See hatten die drei nichts Auffälliges entdecken können. Sie hatten nur einige Segelboote passiert und ein altes, heruntergekommenes Riva-Boot. Sie gingen nach rechts. Vor ihnen lag ein größeres Segelboot. Es war aufgebockt auf Stelzen und war zusätzlich mit jeder Menge Taue befestigt. Der Rumpf war teilweise bereits abgeschliffen. Am hinteren Teil war noch nichts gemacht und Farbe, sowie Holz blätterte ab. „Josefina", so der Name des Segelbootes war wohl für eine längeren Aufenthalt eingeplant. Jedenfalls sah es nicht so aus als würde es in naher Zukunft wieder auf dem See umherfahren.

Hans, Wotan und Mehmet gingen um das Boot herum. Sie stoppten. Etwa dreißig Meter vor ihnen standen mehrere Arbeiter. Etwas Abseits davon noch zwei Fahrzeuge. Eines war von der Polizia Locale, eines von der Carabinieri. Die Beamten waren jedoch nicht zu sehen.

Hans hielt inne und auch die beiden anderen blieben stehen. Alle drei blickten sich um. Dann sah Hans die Yacht. Sie stand in einem kleinen Dock. Der vordere

Teil des Schiffes war im Gebäude, der hintere lugte hinaus. Die Arbeiter standen dahinter und unterhielten sich.

Die drei blickten sich um. Niemand zu sehen. Sie suchten Schutz hinter Josefina und beobachteten das Treiben vor ihnen. Jetzt kamen mehrere Beamte aus der Halle hinaus und gesellten sich zu den Arbeitern.

„Los weg hier. Lasst uns verschwinden, bevor man uns sieht. Wir kommen wieder. Am besten, zu einer späteren Uhrzeit.", zischte Hans und gab Zeichen den Rückweg anzutreten.

Kurz darauf waren sie wieder am Parkplatz, wo auch bereits Pavel und Vladimir warteten.

„Los lasst uns verschwinden. Zu viele Bullen am See. Die Yacht steht dort, aber sie wird wohl bewacht. Wir verschwinden erst einmal und werden später wiederkommen.", sagte Hans, öffnete den Wagen und stieg ein.

Kurz darauf verschwand der SUV wieder unbemerkt in Richtung Gargnano Centro.

29
Limone sul Garda und Gargnano, zur gleichen Zeit

Botatzi und di Gallo kamen am alten Hafen in Limone an. Das Polizeiboot legte kurz an. Die beiden stiegen aus und verschwanden direkt im Getümmel der Touristen. Das Boot legte daraufhin wieder ab und fuhr auf den See hinaus.

Wenige Minuten später kamen beide am Gebäude der Polizia Locale an. Noch immer standen jede Menge Menschen vor dem Gebäude. Botatzi und di Gallo drängelten sich vorbei und verschwanden unter Gemurmel der Anwesenden im Inneren.

„Commissario?", fragte Frabrizio Bano.

„Si. Commissario Stefano Botatzi. Und das ist Sergente Tomaso di Gallo.", antwortete Botatzi.

„Wie Sie sehen Commissario ist hier eine Menge los. All diese Leute vor dem Gebäude warten darauf ihre Beschwerde vorzubringen. Sie alle wurden von dieser Gruppe angesprochen und ausgefragt. Viele sogar bedrängt und bedroht.", fing Bano an zu erzählen.

„Grazie Signore Bano. Haben Sie eine Möglichkeit die Leute zusammen in einem Raum zu versammeln? Dann könnten wir unsere Fragen stellen, ohne jetzt hier stundenlang jede einzelne Person zu vernehmen?", fragte Botatzi.

„Si Signore Commissario. Oben im Museum. Ich lasse es gleich räumen und sperren. Dann schicke ich alle Personen hinauf und sie können sie befragen.", antwortete Bano und verließ sogleich das kleine Büro.

Zehn Minuten später waren alle im oberen Stockwerk des kleinen Museums versammelt. Botatzi und di Gallo kamen dazu.

„Signori e Signore. Mein Name ist Commissario Botatzi und das ist Sergente di Gallo.", erklärte er und zeigte auf seinen Sergente.

„Wir sind von der Polizia und haben einige Fragen zu den Vorfällen hier in Limone. Sie alle haben sich bei Signore Bano gemeldet, weil sie etwas beobachtet haben oder weil sie von diesen Unbekannten ange- sprochen und ausgefragt wurden. Einige von ihnen mit unerlaubten Mitteln und unter Bedrängnis. Wir würden jetzt gerne, geordnet, ohne dass jeder durch- einander redet, alle Aussagen und Informationen auf- nehmen."

Es wurde unruhig in dem kleinen Museum. Einige der Anwesenden tuschelten. Es wurde immer unruhiger und aus dem Tuscheln wurde ein flüstern.

„Signori e Signore, prego! Bitte meine Damen und Herren! Ich bitte sie Ruhe zu bewahren. Wir werden versuchen all Ihre Fragen zu beantworten, wenn auch Sie die unseren beantworten. Ich bitte Sie nun einzeln, oder sollten Sie in Begleitung sein, auch gerne zusammen, nacheinander in den kleinen Nebenraum zu kommen. Sergente di Gallo wird in der unteren

Etage ebenfalls die Befragung durchführen, so dass wir hoffen, hier schnellstmöglich alles aufzunehmen und Sie wieder das tun können, wofür Sie hier sind, nämlich ihren Urlaub zu genießen.", sagte Botatzi mit ruhiger Stimme.

Wieder wurde es etwas lauter.

„Signore Bano, prego! Sorgen Sie bitte dafür das einer nach dem anderen zum Sergente oder mir kommt."

Fabrizio Bano nickte und fing sogleich an die Anwesenden aufzuteilen, während Botatzi in den Nebenraum ging und Sergente di Gallo nach unten.

Luigi Schifferle hatte die Limonaia erreicht. Seinen Wagen hatte er in dem kleinen Parkdeck unweit der Kirche San Francesco abgestellt. Hier stand der Wagen schattig. Er stieg die Treppen hinauf. Die Limonaia hatte heute geschlossen, doch Luigi war angemeldet. Er wollte sich am heutigen Abend die Limonaia anschauen, etwas das er schon so oft tun wollte, aber nie geschafft hatte. Nun verband er das private mit dem geschäftlichen. Durch Zufall hatte er vor Monaten den Besitzer der Limonaia kennengelernt. Vor wenigen Tagen war Luigi die Telefonnummer wieder in die Hände gefallen und er hatte spontan angerufen. Nun stand er vor der alten Holztüre, die schon so viele kommen und gehen sah und auch schon so viele gute und schlechte Zeiten erlebt hatte. Luigi klopfte kräftig gegen die Tür, an der mit großen Buchstaben GC stand. Sie klang dumpf.

Vom inneren näherte sich jemand. Das alte Schloss knackte laut und mit einem quietschen öffnete sich langsam die schwere alte Holztür. Vor Luigi stand ein etwa siebzigjähriger Mann mit braunen Augen. Sie funkelten und sprühten nur so voller Leben. Wobei man sagen muss, dass nur eines der Augen bei genauerem betrachten noch voller Leben war. Das andere war ein Glasauge, was gerne mal verrutschte und so schon für einige skurrile und lustige Momente sorgte. Auch fiel es an besonders heißen Tagen auch gerne einmal raus oder verschob sich, so dass nur noch die Rückseite zu sehen war. Der Körper des Mannes war bereits weit über dem Zenit. Er war nicht sonderlich groß und ging leicht gebückt, was ein Zeichen dafür war, das sein Rücken schon bessere Zeiten erlebt hatte. Aber das hinderte ihn nicht daran, noch immer die Ernte seiner Zitronenbäume ohne fremde Hilfe durchzuführen. Sein Gang war trotz der gebückten Haltung flott und federten bei jedem zweiten Schritt nach. Er begrüßte Luigi wie einen alten Freund. Kurz darauf waren beide im Inneren der Limonaia verschwunden.

Luigi stand in einem kleinen Hof. Überall standen Zitronenbäume in unterschiedlichen Größen. Die einen standen schon Jahrzehnte an ihrer Stelle und trugen noch immer riesige, prachtvolle Zitronen. Dazwischen waren auch einige junge Gewächse, die erst seit kurzem gepflanzt waren. Aber auch sie trugen bereits einige Früchte und jede Menge Blüten. Es duftete nach frischen Zitronen, Holz und nach Limoncello.

Ohne dass Luigi es bemerkte, hatte Giorgio Capo zwei kleine Wassergläser mit Limoncello gefüllt und stand nun neben ihm. Er nahm eines der Gläser und beide stießen erst einmal an.

„Ich habe so viele Fragen und… so viele Ideen.", begann Luigi, nachdem er einen kräftigen Schluck genommen hatte.

„Si… komm setzen wir uns. Oder möchtest du erst die Limonaia besichtigen?", fragte Giorgio.

„Si, prego. Sehr gerne. Ich finde es traumhaft hier. So ruhig, so wunderschön, diese vielen Zitronenbäume und dieser traumhafte Blick auf Gargnano und den Lago.", schwärmte Luigi.

„Dann komm Luigi, ich zeige dir die Limonaia. Nimm die Flasche mit. Ich kenne hier noch ein paar traumhaft schöne Ecken, da schmeckt der Limoncello noch mal so gut!"

„Das glaub ich dir.", bestätigte Luigi nickend, nahm die Flasche und folgte Giorgio.

Eine Handvoll waren noch im Museum. Botatzi und di Gallo hatten innerhalb kürzester Zeit fast alle Anwesenden befragt, die Personalien aufgenommen und alles fein säuberlich notiert. Dabei kam schnell heraus, dass alle Anwesenden das gleiche erzählten.
Alle wurden über den Vorfall in Limone befragt. Über die Yacht und die Personen die man darauf fand. Und

*immer war die Aussage, dass die Personen sehr
aufdringlich und bedrohlich wirkten.*

Botatzi notierte deshalb seit einigen Minuten nur noch
die Personalien und machte einen Strich bei einer der
vorangegangenen Aussagen, die meist dasselbe be-
inhaltete. Auch di Gallo hatte sich mittlerweile für
diese Methode entschieden, da auch die Befragten bei
ihm immer und immer wieder die gleichen Aussagen
machten.

Kurz darauf hatten beide auch die restlichen Personen
befragt. Müde trafen sie sich im Erdgeschoss des
Museums, wo Fabrizio Bano noch immer darauf be-
dacht war, dass niemand das Museum betrat.

„Sie können das Museum wieder freigeben Signore
Bano. Wir sind fertig mit der Befragung."

Er nickte. Alle drei traten nach draußen. In wenigen
Stunden würden all die Gassen wieder menschenleer
sein. Die Touristen würden wieder in ihrer Ferien-
wohnung oder ihrem Hotel sein.

Botatzi und di Gallo verabschiedeten sich von Bano
und machten sich auf zum Auto.

„Wir fahren gleich morgen früh nach Gargnano
Sergente. Ich werde das Gefühl nicht los, das unsere
Verdächtigen sich auch dort aufhalten! Oder zu-
mindest in der Nähe!", sagte Botatzi während sie zum
Auto gingen.

Si Commissario. Das glaube ich auch. Aber die Kollegen sind ja dort und bewachen die Yacht Tag und
Nacht."

188

Luigi blickte auf Gargnano. Giorgio und er hatten sich mittlerweile auf eine kleine Bank im oberen Teil der Limonaia gesetzt und genossen den sagenhaften Blick auf Gargnano, den Lago und den Monte Baldo.
Die Flasche die Luigi zu Beginn des Rundgangs mitgenommen hatte, war fast leer.
Ein großer, alter Zitronenbaum stand neben ihrer Bank.
„Gorschio... Gorschio, s'ischt traumhaft hier. Diescher Blig, dein Limonschello, einfach schuper..."
Luigi schaute auf den See. Giorgio saß neben ihm. Er blickte ihn an und musste grinsen.
„Es ist besser du bleibst heute hier in Gargnano. Ich hatte dich gewarnt. Er ist süß, süffig, aber er hat seine Tücken, mein Limonchello."
Luigi nickte und hatte Mühe das Gleichgewicht zu halten.
„Das schtimmt Gorschio. Dein Limonschello ischt schuper. Einfach schuper. Aber jetscht glaube isch ischt es bescher zu gehen.
Luigi versuchte aufzustehen. Er verlor das Gleichgewicht und sackte zurück auf die Bank.
„Ich mache dir einen Espresso. Der hilft. Und dann bringe ich dich zum Hotel Bogliaco. Das gehört meiner Schwester. Da ist immer ein Zimmer frei für solche Fälle!"
Luigi nickte. Er blickte auf den See, der in den Farben der untergehenden Sonne leuchtete und das Monte Baldo Massiv anstrahlte.

Giorgio kam kurz darauf mit einem doppelten Espresso wieder.

„Trink den erst einmal. Glaub mir der wirkt Wunder. Auto fahren ist nicht mehr, aber es wird dir gleich wieder besser gehen."

Luigi nahm die kleine Tasse. Der Duft des starken Espresso stieg ihm in die Nase. Er nahm einen Schluck. Der Geschmack erinnerte ihn an dunkle Schokolade und flambiertes Holz. Er liebte diese Nuancen in einem Kaffee.

Wenig später ging es Luigi schon wesentlich besser. Er lallte nicht mehr und konnte schon wieder recht gut sein Gleichgewicht halten.

„Soll ich dir noch einen machen Luigi?"

„Si, prego. Dein Espresso wirkt Wunder. Noch so einen und ich könnte nach Hause fahren."

„No no Luigi. Nix nach Hause fahren. Du bleibst hier. Meine Schwester hat bereits das Zimmer gerichtet."

„Dann brauche ich auch keinen Espresso mehr. Also gut Giorgio. Dann mach ich mich mal auf zum Hotel. Danke für den Rundgang und den kleinen Umtrunk."

Giorgio lachte auf.

„Si Luigi. Piccolo Limonchello. Mamma mia."

Luigi verabschiedete sich und machte sich zu Fuß auf den Weg zum Hotel Bogliaco. Er ging nach der Ankunft direkt auf sein Zimmer und Minuten später war nur noch ein Schnarchen zu hören.

30
Europol

In Den Haag, wo die Zentrale von Europol beheimatet war, wurden ebenso fieberhaft die sichergestellten Spuren untersucht, wie im kleineren Büro der Sektion Ost in Wien. Dort hatte man allerdings den Vorteil, dass fast alle Beweisstücke vor Ort waren, während man in Den Haag lediglich mit Videoaufnahmen und Berichten aus Wien arbeiten musste. Der Leiter der Wiener Dienststelle Sir Thomas Millner stand im größten der drei Besprechungsräume, dem Schönbrunn. Vor ihm saßen gut ein Dutzend Beamte und blickten auf die Präsentation, die in dem abgedunkelten Saal an die Wand projiziert wurde.

„… vor Ihnen finden sie all das nochmals schriftlich. Bitte schauen Sie es sich an. Es ist äußerst wichtig das wir in dieser Sache strukturiert vorgehen. Den Haag wird in den nächsten Tagen sicherlich eine Delegation schicken, sollten wir nicht aussagekräftige Indizien und Beweise liefern können. Im schlimmsten Fall wird uns dieser Fall entzogen, wenn sich bewahrheiten sollte, dass es sich hier um einen weiteren Zwischenfall der Organisation handeln sollte."

Ein Raunen ging durch den Raum. Die Jalousien gingen langsam hoch und es wurde hell im Raum. Millner blickte in die Gesichter.

„Meine Tür steht natürlich immer offen, sollten Sie Fragen haben. Wir gehen zum jetzigen Zeitpunkt

jedoch davon aus das die sogenannte „Organisation"
hinter dieser Tat steckt. Die Untersuchungen laufen
noch, aber erste Hinweise deuten darauf hin, dass die
Täter sich nach Süden abgesetzt haben, oder sich
zumindest im Süden Europas befinden. Wir haben
Vermutungen, können aber noch keine Angaben
machen.", fuhr Sir Thomas Millner fort.

„Die Organisation…", fuhr Sir Thomas fort.

„… die Organisation war lange Zeit unscheinbar und
nur selten in Erscheinung getreten. Erst in den letzten
zwei Jahren trat sie immer wieder vermehrt auf. Aber
auch nur mit kleineren Delikten. Erst die Zwischenfälle im vergangenen Jahr in Italien und auch
Deutschland brachten sie mehr und mehr in den
Fokus."

Alle Anwesenden schauten fragend zu Millner.

„Viel mehr ist leider auch nicht bekannt. Es gibt
weder eine erkennbare Struktur, noch kennt man die
Köpfte und Drahtzieher dieser Organisation. Man geht
jedoch davon aus, dass sie ihren Ursprung in Albanien
hat. Es ist aber auch möglich, dass es Verbindungen
nach Deutschland gibt. Hier im Raum Berlin, wo, wie
man ja weiß, einige Clans aus diesem Milieu an-
gesiedelt sind. Gesuche auf Amtshilfe sind bereits an
die zuständigen Behörden in Berlin gegangen. Aber
glauben Sie mir, bevor die deutschen Behörden etwas
in Erfahrung bringen, wird der Brexit in Großbritanien
wieder rückgängig gemacht.", fuhr Sir Thomas fort.

Der Dienststellenleiter lachte süffisant auf. Die Anwesenden schauten ihn an. Keiner machte aber Anstalten eine Frage oder gar eine seine Ausfertigungen zu kommentieren.

„Dimitri Arkim war der erste, der im vergangenen Jahr mit der Organisation in der Öffentlichkeit Bekanntheit erlangte. Natürlich keine Positive! Er und ein gewisser Andreas Hut aus dem Raum Stuttgart. Bei Arkim wusste man später, dass er der Organisation angehörte, Hut war mehr, sagen wir, ein Angestellter. Auch darüber finden Sie Informationen in den Unterlagen vor Ihnen…"

Es klopfte leise. Millner unterbrach seine Ausführungen.

„Yes, please!"

Eine etwas ältere Frau trat ein und ging direkt nach vorne. Ohne etwas zu sagen, reichte sie Millner einen Umschlag und verließ den Raum wieder. Sir Thomas öffnete ihn. Er hob die Augenbrauen, brummte hörbar auf und legte ihn dann zusammen mit dem Inhalt neben seinen Laptop.

„Meine Damen und Herren! Wie sie ja alle wissen, haben wir, nachdem die Leichen weitestgehend identifiziert waren, zusammen mit Vertretern aus Frankreich, Deutschland und der Niederlande einen Medienaufruf gestartet. Einen seriösen! Dieser scheint aller Voraussicht erfolgsversprechend zu sein. In Italien, im Norden sind in den vergangenen Tagen zwei tödliche Vorfälle geschehen. Ein Boot mit zwei Leichen und nochmal eine Wasserleiche in einem Pool. Verrückt ist nur das es wieder am Gardasee passiert ist. Das wäre natürlich mehr als ein Zufall, sollten diese Vorfälle in irgendeiner Weise mit der Tat hier zusammenhängen."

Wieder ging ein Raunen durch den Saal. Diesmal etwas lauter.

„Was bedeutet das? Was ist noch bekannt über diese Organisation? Warum interessiert sich Den Haag für diesen Vorfall?", ergriff eine Stimme aus der hinteren Reihe das Wort und brachte den Dienststellenleiter nun aus dem Konzept.

Millner schaute über seine Lesebrille. Er wirkte ein wenig nervös und ratlos.

„Wie Sie alle wissen sind wir nur eine kleine Dienststelle bei der Europol. Es gibt Regionen da sind wesentlich mehr Vorfälle zu verzeichnen als hier bei uns. Auch wenn wir hier an der Ost-West Achse liegen. Man traut uns vermutlich nicht so viel zu wie beispielsweise Madrid oder Berlin, die wesentlich besser aufgestellt sind… Über diese Organisation ist leider noch nicht allzu viel bekannt. Bis letztes Jahr so gut wie gar nichts. Dann passierten diese Vorfälle in Italien und Deutschland. Nach außen drang nicht allzu viel und auch die internationale Presse brachte, durch einige Schweigegeld-Zahlungen die Europol im Auftrag der Staaten tätigte, nicht viel an die Öffentlichkeit. Im Hintergrund jedoch wurde fieberhaft recheriert. Man fand sehr schnell heraus, dass diese

Organisation ihre Wurzeln in Albanien hatte. Dimitri Arkim war der Neffe von Anatoli Arkim, dem Kopf der Organisation. Als Dimitri im vergangenen Jahr bei der Festnahme in Italien erschossen wurde, hatte man zunächst die Befürchtung das es zu einem Krieg zwischen der Organisation und den europäischen Behörden kommen könnte... Tja, was soll ich ihnen sagen! So wie es ausschaut und sie ja mittlerweile wissen ist die komplette Führung der Organisation eliminiert worden. Anatoli Arkim, Pawel Mitailowitch und ein gewisser Oleg Maria Poposjewitch. Letztere ist noch nicht final bestätigt, aber wir gehen davon aus, dass auch er einer unserer Toten ist. Das ist, pardon, war die komplette Führung der Organisation."

Stille im Saal. Sir Thomas Millner blickte in viele ratlose Augen.

„Dann ist es wohl das Beste wenn Den Haag auf jeden Fall die weiteren Ermittlungen...", versuchte eine junge Kollegin einzubringen.

„Nein! Wir werden diese Ermittlungen nicht kampflos abgeben. Alle Beweise sind bei uns. Also, warum in aller Welt sollten wir Den Haag einfach alles übergeben?", unterbrach Millner die Kollegin.

Sir Thomas unterbrach die Besprechung. Zum einen musste er dringend telefonieren, zum anderen würde ein wenig frische Luft allen gut tun. Man einigte sich auf eine Pause von knapp zwanzig Minuten. Alle Anwesenden verließen den Raum. Millner ging ohne Umwege in sein Büro.

Pünktlich trafen sich alle wieder im Saal Schönbrunn. Die kurze Unterbrechung hatte bei vielen geholfen wieder Kraft zu tanken. Sir Thomas hatte einige Zettel dabei, die er an seinem Platz ablegte. Er ging nach vorne und blieb an der weisen Wand stehen. Auf ein Zeichen von ihm, verdunkelte sich der Saal wieder und der Beamer wurde eingeschaltet.

„Meine Damen und Herren. Ich hoffe Sie konnten etwas Kraft tanken. Ich habe wiedererwartend einige neue Erkenntnisse bekommen und möchte sie Ihnen natürlich nicht vorenthalten.", fing Millner wieder an.

Während seine Kollegen kraft tankten bei einem Kaffee und einem Kaiserschmarrn hatte er versucht Susanna Luca, Vice-Questore der Polizia am Gardasee zu erreichen. Von ihr war die Nachricht gewesen, die er kurz zuvor erhalten hatte. Leider ging sie aber nicht an ihren Apparat und so hatte er erst einmal im Internet recheriert. Dabei war er auf mehrere unscheinbare Berichte vom Gardasee gestoßen.

Die Rede war zum einen von der Yacht, welche in Limone am alten Hafen in die Mauer krachte und auf der die beiden Leichen gefunden wurden. Und dann war da noch ein Toter in einer Ferienanlage in Garda. Darüber konnte er aber nichts Weiteres finden. Entweder war der Tote ein unglücklicher Urlauber, der den gewöhnlichen Herztod starb, oder die Behörden in Italien waren am Fahnden nach einem Mörder und wollten dies nicht über die Medien tun. Jedenfalls jetzt noch nicht. Es war nicht viel, aber in einer zwanzigminütigen Pause war das besser als gar nichts.

„Also meine Damen und Herren…"

Millner erzählte was er in den letzten zwanzig Minuten gefunden hatte. Er erläuterte seine Gedanken und griff die Möglichkeit auf, dass es vielleicht eine Spur geben könnte am nördlichen Gardasee. Die Gesuchten könnten innerhalb weniger Stunden am Gardasee gewesen sein. Zwischen Österreich und Italien gab es so gut wie keine Kontrollen. Und wenn man über eine abseitsgelegene Passstraße nach Italien einreist, würde das kaum einer mitbekommen. Einige der Kollegen machten sich eifrig Notizen. Andere wiederrum hatten ihr Handy in der Hand und suchten dort nach den angesprochenen Berichten.

„Sir Thomas?"

Ein älterer Kollege aus der hinteren Reihe meldete sich zu Wort.

„Ja bitte Herr…?"

„Brandtner! Joseph Brandtner. Ich habe einen Kollegen aus der Werkstatt, sowie einen der Kollegen, die in der Grenzregion waren, angeschrieben. Ich habe gerade eine Antwort bekommen, die eventuell recht interessant sein könnte."

Sir Thomas wurde hellhörig.

„Herr Brandtner, bitte! Lassen Sie uns doch daran teilhaben."

Joseph Brandtner stand auf.

„Man hat weitere Spuren am Tatort ausgewertet. Dabei hat man Reifenspuren sichergestellt, die zu einem großen SUV oder auch Van gehören könnten. Man könnte gegebenenfalls über Satellitenbilder prüfen lassen, ob solch ein Fahrzeug nach der Tatzeit unmittelbar vom Ort des Geschehens über Österreich nach Italien gefahren ist. Vielleicht sollten wir uns aber auch nicht zu sehr auf diese Möglichkeit versteifen und auch weitere Möglichkeiten in Betracht ziehen. Es wäre doch sehr ärgerlich, wenn wir uns jetzt nur auf Italien versteifen, und irgendwann stellt sich heraus, dass es nicht Italien war, sondern vielleicht Spanien, Kroatien oder möglicherweise auch Albanien. Dann könnte es zu spät sein überhaupt noch etwas zu finden, was diese Tat aufklären würde. Alles ist möglich, oder aber nur eine Fährte in die falsche Richtung."

Millner nickte zustimmend.

„Wir müssen alles in Erwägung ziehen und jeder noch so verrückten Spur nachgehen. Und um so länger wir warten oder nichts tun umso schwieriger wird es überhaupt noch etwas zu finden. Sie haben Recht. Danke Herr Brandtner. Also lassen sie uns beginnen."

Wenige Minuten später hatte Sir Thomas drei Gruppen eingeteilt. Eine Gruppe befasste sich mit der Auswertung von Satellitenbildern der letzten 48 Stunden. Man versteifte sich zunächst einmal auf den Radius der Tat an der Grenze bis hinunter in Richtung Italien. Gesucht wurde ein Van oder SUV. Die beiden anderen Gruppen informierten Italien, Kroatien, Spanien und auch Albanien. Sir Thomas versuchte noch einmal Susanna Luca zu kontaktieren. Beide kannten sich von einem gemeinsamen multi-nationalen Lehrgang in Bratislava vor einigen Jahren.

„Susanna? Ich bin es, Thomas. Thomas Millner aus Wien…", fing Millner das Gespräch an.

„Thomas! Si, allora. Tutto bene? "

"Du hattest versucht mich zu kontaktieren. Hier ist der Teufel los. Ich hatte versucht dich zu erreichen.", fuhr Millner fort.

„Si Thomas. Va bene. Ich hatte die Berichte in den Medien gesehen mit dem Vorfall bei dir in Österreich. Als ich Organisation hörte, gingen bei mir alle Alarm-glocken an."

Sir Thomas erzählte in wenigen Worten was passiert war. Er sprach auch die Geschehnisse in der Grenz-region an und die Vermutung, die er und seine Kollegen hatten. Susanna Luca hörte zu, ohne ihn zu unterbrechen. Als er fertig war, sicherte sie ihm Hilfe zu.

„Thomas, ich werde das bei uns einbringen. Mög-licherweise gibt es ja doch einen Zusammenhang. Die Untersuchungen laufen noch. Die an der Yacht genau-so, wie auch des Toten in dieser Ferienanlage. Ich werde mit dem Leitenden Ermittler Commissario Botatzi reden. Lass uns auf alle Fälle in Kontakt bleiben."

31

Gargnano, Dienstagmorgen

Luigi Schifferle wachte in seinem Zimmer im Hotel Bogliaco auf. Der Espresso von Giorgio am gestrigen Abend war perfekt gewesen. Nach den Unmengen an Limoncello die er zu sich genommen hatte, hatte er eigentlich mit einem Mörderkater gerechnet, aber nichts dergleichen traf ein. Es ging ihm blendet. Er hatte wie bereits erwähnt ohne Probleme das Hotel erreicht, wo man ihn bereits erwartete und ihm den Schlüssel gab. Luigi hatte sich dann auch ohne Umwege direkt ins Bett begeben.

Nach einer heißen Dusche ging er gut gelaunt hinunter in das kleine Foyer des Hotels. Im Treppenhaus roch es bereits nach Kaffee und Crosissants. Als er aus dem Fenster blickte, wanderte sein Blick direkt auf das Heck eines schwarzen SUVs. Er suchte nach dem Kennzeichen.

„IL 2485SA"

Er kramte nach seinem Handy und öffnete den Ordner mit den Bildern.

„Bingo Schifferle! Da ist er ja wieder.", sagte Luigi zu sich selbst.

Er ging in den Frühstücksraum. Luigi war der einzige Gast. Eine ältere Frau in einer weißen Schürze begrüßte ihn und brachte ihm sogleich eine Kanne Kaffee. Luigi nahm erst einmal Platz und goss sich eine Tasse ein. Dann nahm er sein Handy wieder hervor.

„Buon giorno Stefano. Der SUV ist hier. Hast du was herausbekommen?"

Luigi schickte die Nachricht ab. Dann stand er auf und ging zum Buffet.

Stefano Botatzi schreckte auf. Seine Nacht war sehr kurz gewesen. Gegen drei Uhr in der Früh waren sie zurückgewesen. Das Boot hatte auf der Hälfte des Weges einen Motorschaden gehabt und sie trieben zwei Stunden auf dem See. Als sie dann endlich wieder im Hafen waren war es bereits weit nach Mitternacht gewesen. Natürlich waren sie nicht mehr in Gargnano gewesen. Botatzi ärgerte sich, dass sie nicht doch das Auto genommen hatten. Di Gallo blieb hingegen teilnahmslos und war einfach nur noch müde gewesen.. Sie hatten sich verabschiedet und beide waren, jeder für sich, nach Hause gefahren.

Botatzi schaute müde auf sein Handy was erst summte und jetzt aufblinkte. Er schaute drauf und lass die Nachricht von Luigi. Schlagartig war er wach. Er sprang aus dem Bett. Auf dem Weg zum Bad wählte er die Nummer von di Gallo. Nach dem dritten Klingeln hob er ab.

„Buon giorno Commissario…"

„Sergente, haben sie was gehört wegen der Abfrage des Kennzeichens? Sie wissen schon, das was wir von Schifferle bekommen haben!", fragte Botatzi hektisch.

„Warten Sie Commissario. Ich schaue nach… No, keine Nachricht von den Kollegen. Warum fragen Sie Commissario?"

„Luigi ist in einem Hotel in Gargnano und dieser SUV steht auch dort. Er hat mir gerade geschrieben. Fragen Sie bitte nach Sergente. Wir brauchen dringend die Information wem dieses Fahrzeug gehört. Wir treffen uns in zwanzig Minuten an der Questura."

Botatzi legte auf. Er war jetzt hellwach.

„Ciao Luigi. Verhalte dich ruhig. Wir kommen nach Gargnano."

Diese Nachricht schickte er noch ab, bevor er unter der kalten Dusche verschwand. Minuten später war er fertig und auf dem Weg zur Questura. Zwanzig Minuten waren sehr sportlich gewesen und er bereute es bereits, dass er sich selbst solch einen Druck machte. Sein Handy klingelte. Dottoressa Susanna Luca blinkte auf dem Display auf.

„Bion girono Signora Dottoressa!"

„Botatzi wo sind Sie? Wir haben ein Problem. Haben Sie die Nachrichten gehört in den letzten 24 Stunden? Gibt es Neuigkeiten im Fall der Leichen von Limone und des Toten in Garda?"

Botatzi bereute es gerade das er abgenommen hatte.

Aber eigentlich hatte er gewusst was kommt. Naja gut, er hatte es geahnt. Aber einer Susanna Luca konnte man auf Dauer auch nicht entkommen.

„Ich bin auf dem Weg zur Questura. Ja, ich habe die Nachrichten gehört und ja ich glaube auch dass wir ein Problem haben. Es könnte sein das die Organisation wieder hier ist. Die Yacht wird bewacht und weiter untersucht und zu der Identität der Toten hatten sie ja bereits den Bericht der Gerichtsmedizin vorliegen. Leider hatten wir gestern ein technisches Problem mit dem Boot nach Gargnano. Es gibt eine Spur, aber ich kann da noch nichts genaues sagen.", unterrichtete er seine Chefin.

„Botatzi, die Europol sitzt mir im Nacken. Ich will das wir diesen Fall lösen. Tun sie alles was nötig ist. Ich möchte keinen dieser Möchtegern-Geheimagenten von der Europol hier am See haben!"

Damit war das Telefonat beendet. Botatzi atmete tief durch. Sein Handy summte auf. „Ok" erschien auf dem Display, gefolgt von einem schlichten „L".

Wenig später war er an der Questura. Di Gallo wartete bereits. Er stieg zu Botatzi in den Wagen.

„Wir fahren direkt nach Gargnano. Ich hatte gerade ein schönes Telefonat mit unserer Dottoressa."

Di Gallo grinste. Er wusste meist was ein schönes Telefonat mit der Vice-Questore war. Er holte das Blaulicht aus dem Handschuhfach und befestigte es auf dem Dach. Auf die Sirene verzichteten sie, erst einmal.

Luigi hatte sich neben einem Croissant noch Rührei mit Speck, Würstchen und Rösti vom Buffet geholt. Dazu noch Lachs, Butter und ein Vollkornbrötchen. Er stand nochmals auf und holte sich noch einen

Orangensaft. Als er wieder zurück zu seinem Platz ging, betraten fünf Personen das Restaurant. Luigi wusste nicht wieso und weshalb, aber er hatte direkt so ein eigenartiges Bauchgefühl. Alles in ihm schnürte sich für einen Bruchteil einer Sekunde zusammen.

Er schaute sich die Personen so gut es ging und ohne, dass es aufdringlich erschien, an. Jeder dieser Typen hatte die Ausstrahlung eines Hautausschlages. Und dann war da noch diese Kälte, die in den Frühstücksraum einzog.

„Denen muss der SUV gehören.", sagte er leise zu sich selbst.

Luigi fing an zu frühstücken, jedoch nicht ohne die Personen weiter aus den Augenwinkeln zu beobachten. Er ging nach einem festen Schema vor, was das Frühstücken betraf. Erst das Rührei mit Speck, Würstchen und Rösti. Danach den Lachs mit Butter und Vollkornbrötchen und zum Schluss das Croissant. Dazu noch Kaffee und Orangensaft.

Als er fertig war lehnte er sich entspannt in seinem Stuhl zurück und beobachtete die fünf Fremden, die immer noch an ihrem Tisch in der Ecke saßen und frühstückten. Sie unterhielten sich sehr leise. Dabei blickten sie immer wieder verstohlen umher. Die Sprache wechselte. Meistens unterhielten sie sich in deutsch, aber aus irgendetwas osteuropäisches war immer wieder mal zu hören. Luigi konnte jedoch nicht genau erkennen was es war. Einen Moment lang war er so fixiert auf die Gruppe, das ihm nicht auffiel, dass einer von ihnen bemerkte das sie von ihm beobachtet wurden.

Es wurde still und alle blickten gleichzeitig zu ihm.

„Mamma mia. Erwischt. Schifferle, du selten dämlicher Depp. Sowas passiert eigentlich nur Anfängern.", sagte er zu sich selbst.

Botatzi und di Gallo waren bereits im großen Tunnel hinter der Auffahrt nach Tignale. Nur noch wenige Kilometer und sie würden Gargnano erreichen. Noch immer hatten sie das Blaulicht an, jedoch weiterhin ohne Sirene.

„Ich habe gerade eine Rückmeldung bekommen wegen des Kennzeichens, was Ihnen Schifferle gegeben hatte.", sagte di Gallo.

Botatzi blickte zu di Gallo, der immer noch auf sein Handy schaute.

„Si Sergente! Cosa scriveranno?", fragte Botatzi etwas ungeduldig.

„Das Fahrzeug ist zugelassen in Albanien. Halter des Fahrzeuges ist ein Hans Joachim Pauli.", antwortete di Gallo erstaunt.

„Na das ist doch mal ein typisch albanischer Name!", rutschte es Botatzi raus und grinste.

„Haben die Kollegen noch weitere Informationen zu dem Fahrzeug für uns?", fragte er noch.

Di Gallo schüttelte mit dem Kopf. Botatzi nahm sein Handy und wählte eine Nummer. Die Freisprecheinrichtung des Wagens übernahm. Nach dem dritten Klingeln wurde abgehoben.

„Luca!"

„Dottoressa Luca. Hier ist Botatzi. Wir sind auf dem Weg nach Gargnano. Wir haben eine Halterabfrage eines Fahrzeuges gemacht, welches gestern aufgefallen war. Das Fahrzeug gehört einem…"

„… Hans Joachim Pauli", komplettierte di Gallo.

„Ja, und der Wagen ist zugelassen in Albanien!", erzählte Botatzi weiter.

Stille. Es herrschte gespenstige Stille.

„Das ist nicht gut Commissario. Diese Information ist überhaupt nicht gut! Was wissen wir noch?", fragte die Dottoressa.

„Momentan ist das alles! Nein, halt… Das Fahrzeug steht im Moment an einem Hotel in Gargnano!", antwortete Botatzi.

„Dann fahren Sie dahin Botatzi. Aber seien Sie vorsichtig. Ich versuche etwas über diesen… diesen Hans… herauszubekommen. Und ich schicke ihnen eine Verstärkung."

Botatzi wollte schon auflegen.

„Commissario?"

„Si Dottoressa!"

„Passen sie beide auf sich auf. Es sind schon wieder genug Menschen umgekommen."

Damit war das Telefonat beendet. Botatzi schaute zu di Gallo der aus dem Seitenfenster auf die Tunnelwände schaute.

Luigi war nicht mehr allein. Die fünf Gestalten hatten sich mittlerweile zu ihm gesellt und ihn regelrecht in die Mangel genommen.

„Was gaffst du uns an? Kennen wir uns?", zischte ihn Pavel an.

Luigi blickte einen nach dem anderen ruhig an. Ohne den Blick abzuwenden, schaute er sich jetzt jeden genau an. Die fünf waren schätzungsweise zwischen Mitte zwanzig bis weit in die fünfzig. Nationalität war wie bereits vermutet osteuropäisch und auch deutsch. Aus der Nähe betrachtet sahen alle noch gefährlicher aus. Luigi überlegte.

„Ich genieße den schönen Aufenthalt hier. Ist es verboten zu schauen?", antwortete er dann ruhig.

„Wenn du den schönen Aufenthalt noch weiter genießen willst, solltest du uns nicht so angaffen. Das mögen wir nämlich überhaupt nicht!", sagte Mehmet jetzt ebenfalls in einem bedrohlichen Ton.

„Sonst endet dein Aufenthalt nämlich nicht mehr ganz so schön und du kannst Italien aus einer anderen Perspektive genießen!", fügte Vladimir hinzu.

Luigi blickte jeden ohne Mimik an. Er blickte jedem in die Augen, behielt aber auch den Rest im Blick.

„Das will ja keiner. Ihr nicht und ich erst recht nicht!", erwiderte Luigi ruhig.

Die fünf erhoben sich wieder langsam und gingen zurück zu ihren Plätzen. Luigi atmete tief durch. Er zitterte am ganzen Körper.

„Kennen wir uns nicht?", fragte jetzt Hans von seinem Platz aus und alle Augenpaare waren wieder auf Luigi gerichtet.

Luigi blickte wieder auf und schaute hinüber zum Tisch der Männer. Alle schauten wieder zu ihm. Innerlich zitterte er. Was passierte hier gerade? Hatte Luigi in den letzten Tagen irgendetwas übersehen? Er wusste es nicht. Ein Unbehagen machte sich in ihm breit.

„Woher sollten wir uns kennen?", fragte er jetzt an Hans gerichtet.

Es war still. So still, dass man hätte in diesem Moment eine Nadel fallen hören. Niemand sagte etwas. Beide Parteien schauten sich nur schweigend an. Es lag eine gefährliche Stimmung in der Luft, die jeden Moment eskalieren konnte.

„Ich weiß es nicht. Sagen Sie es mir?", antwortete Hans leise.

„Ich weiß es aber! Der Typ war gestern im Tunnel. Als wir hierher gefahren sind. Er war plötzlich da und…", sagte Mehmet jetzt und stand auf.

Er ging in die Mitte des Raumes und blieb dort bedrohlich stehen. Sein Blick wechselte zwischen Luigi und den anderen.

„Jaaaaaa. Jetzt erinnere ich mich auch!", sagte auch Vladimir.

„Was wollen Sie von uns?", fragte Hans an Luigi gerichtet und stand jetzt ebenfalls auf.

208

„Ich will gar nichts von euch! Ich will hier nur in Ruhe frühstücken und später nach Hause fahren!", antwortete Luigi.

Vladimir, Pavel und Wotan standen jetzt ebenfalls wieder auf und kamen langsam auf Luigi zu. Dieser saß noch immer an seinem Platz und trank einen Schluck von seinem Kaffee.

„Ich denke wir alle sollten nach draußen gehen und die Situation klären.", sagte Hans leise und bestimmend.

Alle, bis auf Luigi nickten zustimmend. Sie standen jetzt wieder vor seinem Tisch. Pavel hatte sein Klappmesser in der Hand und fing an damit zu spielen. Luigi schaute auf.

„Jungs, Jungs, bitte... Nicht schon wieder! Ich hatte bereits vergangenes Jahr das Vergnügen mit einem Typ wie euch. Damals hatte es nicht gut geendet! Also bitte, bitte lasst es uns nicht wiederholen!", flehte Luigi schon fast arrogant.

Die fünf waren sprachlos. Luigi aber kam langsam in Fahrt.

„Ich habe gestern ein wenig zu viel getrunken und fühle mich dementsprechend heute morgen. Also bitte tut mir einen Gefallen. Verpisst euch, sonst lernt ihr mich kennen."

Botatzi und di Gallo waren nur noch wenige Kilometer von Gargnano und dem Hotel Bogliaco entfernt. Es war wenig los und so war es auch nicht mehr notwendig das Blaulicht zu benutzen. Di Gallo blickte auf sein Handy. Er seufzte hörbar.

„Was ist los Sergente?"

„Commissario. Ich habe gerade den Bericht der Spurensicherung bekommen. Ich glaube wir können gleich als nächstes nach Garda rüber. Es gibt zwar jede Menge Spuren an dem Toten aus dem Pool, aber keine passt zu den Gästen aus der Residence. Also können die Gäste sich wieder frei bewegen oder aber auch nach Hause fahren!", erklärte di Gallo.

„Rufen Sie die Kollegen von der anderen Uferseite an. Die sollen das übernehmen. Und fragen sie bei der Spurensicherung nach, ob es erkennbare Spuren gibt. DNA die in unserem Computer gelistet sind."

„Si Commissario!"

32
Residence Villa Rosa Garda, Dienstagmorgen

Auch in der Residence Villa Rosa hatte ein neuer Tag begonnen. Die Sonne strahlte vom Himmel. Keine Wolke war weit und breit zu sehen.

Am Kyosk One herrschte bereits reges Treiben. Rosa hatte die Brötchenbestellung für die Apartments soeben entgegengenommen und stapelte sie auf dem Tresen. Gino saß, zusammen mit Achille, an einem Tisch und beobachtete das rege Treiben.

Der Pool war noch immer verhüllt. Paolo stand etwas abseits im Schatten und blickte abwechselnd in Richtung Kyosk One und auf die Plane, unter der sein Pool war. Dabei schüttelte er immer wieder den Kopf.

„Mamma mia! Wir brauchen eine Lösung. Die Plane muss weg! Ich rufe die Polizia an.", sagte er zu sich selbst und ging auf das Kyosk One zu.

Hinter ihm schlurfte Friedhelm an der Hauswand entlang und ging ebenfalls auf den Kyosk One zu. Dahinter folgte Martina Knubbe die heute in einem neonfarbigen Aerobic Anzug der 80er Jahre daherkam. Es hatte ein wenig was vom TeleGym.

Buon giorno Paolo.", sagte Friedhelm im Vorbeigehen.

„Ciao buon giorno Friedhelm."

Friedhelm nahm seine Tüte mit der Aufschrift 39 und war schon wieder auf dem Weg zurück zum Apartment. Jetzt erst sah er Martina. Er schaute sie verstört an. Die Neonfarben blendeten ihn. Und wohl nicht nur ihn. Alle Anwesenden am Kyosk One starrten Martina jetzt an. Auch Gino rieb sich die Augen.

„Buon giorno!", sagte Gino und nickte ihr verschmitzt lächelnd zu.

„Guten… äh… Buon giorno!", antwortete sie, nahm ebenfalls ihre Tüte und verschwand wieder in Richtung der Apartments.

„Puhhh, colori luminosi.", sagte Paolo zu den anderen.

Ein lautes Lachen schallte durch die Anlage.

Friedhelm war bereits wieder in der „39" angekommen. Gudrun kam gerade aus der Dusche und rubbelte sich noch die Haare. Den Frühstückstisch hatte sie bereits gedeckt.

„Du glaubst nicht wie die Martina heute aussieht! Kennst du noch die Sendung aus den 80er. Tele Gymnastik oder so."

„TeleGym. Es war TeleGym.", antwortete sie.

„Ja genau. Sie hatte einen dieser Anzüge an. So einen neonfarbigen. Und darunter auch so eine Leggins. Mir tun jetzt noch die Augen weh.", sagte er und verzog dabei die Mundwinkel.

„Sie ist eben ein wenig… speziell!", sagte Gudrun und setzte sich.

„Holst du noch den Kaffee? Der steht auf der Spüle.",
sagte sie noch.

Friedhelm der sich ebenfalls bereits hingesetzt hatte,
stand wieder auf und schlurfte hinein. Kurz darauf
kam er wieder raus, in der Hand die Kanne mit dem
Kaffee.

Mit quietschenden Reifen bog ein Veroneser Taxi auf
das Gelände der Anlage. Ohne die Geschwindigkeit
zu verringern, hielt es wenig später vor der Ape. Paolo
ging schnellen Schrittes nach vorne. Bevor er jedoch
das Taxi erreichen konnte, um den Fahrer zur Rede zu
stellen, war dieser bereits wieder weg. Mit quietschenden Reifen verließ er das Gelände wieder.

Zurück blieben Mandy und Kevin-Enrico. Beide
sahen nicht gut aus und dass sicherlich nicht nur
wegen dem ungewollten Klinikaufenthalt.

„Ciao amici. Da seid ihr ja wieder. Geht es euch gut?"
Beide nickten nur. Sie drehten sich langsam um und
gingen breitbeinig und sehr vorsichtig Richtung
Treppenaufgang, um so schnell wie möglich in ihrem
Apartment zu verschwinden. Paolo schmunzelte.

„Kann ich euch helfen amici?", fragte Paolo noch.
Beide blieben stehen. Mandy drehte sich um.

„Grazie. Aber ich glaube wir wollen beide nur noch in
unser Apartment und schlafen.", sagte sie.

„Nur schlafen amici?", fragte Paolo mit einem leicht
schelmischen Unterton.

Mandy nickte nur ohne sich noch einmal umzudrehen. Kevin-Enrico ging langsam und breitbeinig Richtung Treppe. Mandy folgte ihm.

Den Bertamès am Kyosk One war es natürlich nicht entgangen, was sich gerade im vorderen Teil abgespielt hatte. Wieder hallte ein lautes Lachen durch die Anlage.

Paolo ging wieder zurück zu den anderen. Achille stand an der Treppe und wedelte mit seinem Stummelschwanz. Abhauen konnte er nicht mehr. Er war gesichert an einer langen Leine.

Wieder kam ein Fahrzeug auf das Gelände. Diesmal aber im gemäßigten Tempo. Es war ein Fahrzeug der Polizei. Paolo drehte wieder um und ging langsam zurück zum Parkplatz.

„Ein Stress ist das heute morgen. Ich hoffe sehr die kommen mit guten Nachrichten.", sagte Paolo zu sich selbst.

Der Wagen hielt direkt vor der Ape. Zwei Beamte stiegen aus.

„Signore Bertamè?", fragte einer der Beamten.

„Si. Paolo Bertamè. Was kann ich für Sie tun, Signore?"

Die beiden Beamten kamen auf ihn zu.

„Wo können wir uns ungestört unterhalten Signore?", fragte einer der Beamten.

Paolo ging, ohne ein Wort zu sagen voran und führte die Beamten in sein Büro.

„Signore…", begann einer der Beamten.

„…wir sind hier wegen dieses Vorfalls in ihrem Pool. Der Leitende Beamte Commissario Botatzi hat uns beauftragt sie über einige Dinge in Kenntnis zu setzen. Er kann leider nicht persönlich hier sein."

Paolo setzte sich und bat auch den beiden Beamten einen Stuhl an.

„Danke Signore Bertamè. Es dauert nicht lange. Ihr Pool ist wieder freigegeben. Sie können die Plane entfernen. Wir lassen sie dann von einem Angestellten der Gemeinde abholen. Die Spuren sind alle gesichert und es ist nicht mehr notwendig den Pool zu sperren. Ebenso können Ihre Gäste sich wieder frei bewegen. Auch eine Abreise ist wieder möglich. Ohne irgendwelche Einschränkungen."

„Grazie mille Signore. Können Sie sagen wie es passiert ist oder wer meinen ehemaligen Gast in den Pool…", fragte Paolo.

„No Signore. Wir dürfen leider keine weiteren Auskünfte geben. Der Hausarrest für Ihre Gäste ist aufgehoben und ihr Pool wieder freigegeben. Das ist auch schon alles, was wir Ihnen sagen dürfen."

Die beiden Polizisten verließen wieder das Büro, gefolgt von Paolo. Ohne ein weiteres Wort gingen sie zum Auto. Beide grüßten stumm, stiegen ein und der Wagen verschwand wieder unauffällig vom Gelände.

Paolo klatschte freudig in die Hände und lief tanzend zurück zum Kyosk One. Seine Familie, sowie die Gäste in den umliegenden Apartments schauten ihn verwundert an. Auf der Treppe blieb er stehen. Paolo holte tief Luft.

„Der Pool ist wieder freigegeben! Amici! Wir dürfen den Pool wieder öffnen. Und ihr alle dürft wieder ohne Einschränkung den Gardasee genießen und... wer muss und will auch wieder nach Hause. Der Arrest ist aufgehoben!", rief Paolo lauthals.

Ein Raunen ging durch die Anlage, gefolgt von einem Jubeln und lautem Klatschen. Paolo lief zum Pool. Dort wartete bereits Gino. Zusammen fingen sie an die Plane, die über den Pool gespannt war zu entfernen. Aus den Apartments strömten immer mehr Gäste herbei und halfen ebenfalls den Pool wieder freizuräumen.

33
Gargnano, etwa zur gleichen Zeit

Als Botatzi und di Gallo am Hotel Bogliaco ankamen war von dem SUV keine Spur. Außer ein paar Autos und der hoteleigene Transporter stand kein Fahrzeug auf dem Gelände.

Sie parkten den Wagen auf einem der wenigen freien Parkplätze und gingen hinein. Das Restaurant war leer. Eine Angestellte räumte gerade die letzten Reste des Frühstücksbüffet ab.

„Scusi Signora. Wir suchen einen Gast, der eben noch hier gesessen haben muss.", fragte di Gallo.

Die Frau stellte das Geschirr ab. Dann ging sie auf Botatzi und di Gallo zu.

„Signore. Wie sie sehen, sehen sie nichts! Alle weg. Ich bin seit zehn Minuten hier und da war bereits niemand mehr hier.", antwortete die Frau.

Sie drehte sich wieder um, nahm das Geschirr und machte sich auf zur Küche.

„Signora? Bitte warten Sie!", sagte di Gallo.

Die Frau blieb wieder stehen. Diesmal behielt sie das Geschirr allerdings in der Hand. Noch bevor sie etwas sagen konnte, ergriff Botatzi das Wort.

„Signora. Mein Name ist Commissario Botatzi. Wir sind von der hiesigen Polizei. Würden Sie uns bitte ein paar Fragen beantworten?"

Die Frau ließ sich die Ausweise zeigen. Jedoch blieb sie bei ihrer Antwort, die sie bereits wenige Sekunden zuvor getätigt hatte. Sie ließen sich die Zimmernummer von Luigi geben. Aber auch dort war er nicht. Botatzi nahm sein Handy und wählte die Nummer von Schifferle. Nach mehrmaligem Klingeln ging jedoch nur die Mailbox ran.

Beide verließen das Hotel und gingen zurück zu ihrem Wagen. Aus einem nahen gelegenen Busch raschelte es. Di Gallo blieb stehen. Das Rascheln wurde von einem leisen stöhnen begleitet. Es war allerdings nicht dieses stöhnen, welches man aus diesen einschlägigen Sexfilmchen her kannte. Mehr war es ein schmerzerfülltes stöhnen.

Di Gallo lief zum Busch. Dahinter lag, etwas versteckt, Luigi Schifferle.

„Commissario!"

Botatzi lief um das Auto und kam zum Busch. Auch er entdeckte Luigi. Dieser lag bäuchlings zusammengekrümmt mit dem Kopf nach unten. Botatzi fühlte seinen Puls. Der schlug gleichmäßig, aber ein wenig schwach. Botatzi drehte ihn um. Luigi schien mit mehreren Fäusten Bekanntschaft gemacht zu haben. Neben einem blauen Auge hatte er mehrere Schürfwunden an der Stirn und unter dem rechten Auge. Zudem blutete seine Lippe.

Botatzi half Schifferle auf.

„Was machst du denn hier im Gebüsch?", fragte Botatzi.

„Ich war auf der Suche nach Zirkaden die vom Baum gefallen waren.", antwortete Luigi trocken.

„Sie schauen aber nicht so aus als seien Sie erfolgreich gewesen.", bemerkte der Sergente trocken.

Botatzi und Schifferle schauten ihn mit einem strafenden Blick an.

„Schon gut, schon gut. Es war ein Witz!", ruderte di Gallo direkt zurück.

Die drei verließen das Gebüsch und blieben auf dem Parkplatz stehen. Botatzi schaute sich um.

„Wo ist er denn nun, der SUV?", wollte er wissen.

„Ich denke mal weg. Ich hatte im Restaurant beim Frühstück die Bekanntschaft mit diesen Herrschaften gemacht. Wir haben uns, sagen wir mal, ein wenig unterhalten. Nicht gerade freundlich. Ein Wort gab das andere und wir landeten alle hier draußen."

Botatzi und di Gallo schauten ihn an.

„Ich geh mal davon aus, dass das Gespräch nicht so fortgeführt wurde, wie du es dir erhofft hattest.", folgerte der Commissario.

Luigi schüttelte den Kopf.

„Wie du ja siehst, gab es hier ein paar kleine Probleme. Aber glaub mir die anderen sehen auch nicht viel besser aus. Ganz im Gegenteil. Mindestens zwei von ihnen dürfte es böse erwischt haben. Aber fünf waren einfach zu viel. Da war irgendwann das Licht aus."

Botatzi nickte.

„Sollen wir einen Krankenwagen rufen?", wollte di Gallo wissen.

Luigi verneinte. Er verschwand kurz im Hotel und trat knapp zehn Minuten später wieder hinaus. Er hatte sich notdürftig die Wunden gereinigt.

„So, ich wäre dann soweit. Wie geht es jetzt weiter?", wollte Luigi wissen.

Di Gallo blickte zu Botatzi. Dieser schaute sich suchend um.

„Wo ist dein Auto? Oder bist du mit dem Bus gekommen?"

„Der steht im Parkdeck vorne an der Kirche. Da hatte ich ihn gestern abgestellt, bevor ich in die Limonaia gegangen bin. Ich war leider nicht mehr in der Lage zu fahren nach dem Besuch dort.", erklärte Luigi.

„Gut, wir bringen dich dahin. Aber zuerst fahren wir zum Hafen. Wir wollen uns die Yacht anschauen, die dort untersucht wird."

„Sergente, geben sie den SUV zur Fahndung aus. Er muss ja irgendwo sein. Wir haben das Kennzeichen und so unscheinbar ist er ja auch nicht. Vielleicht können wir ihn schnell finden."

Die drei stiegen in den Polizeiwagen und fuhren vom Gelände des Hotels. Fünf Minuten später erreichten sie den Hafen mit den kleinen Docks.

Sie parkten den Wagen direkt am Eingang zum Hafen, stiegen aus und verschwanden zwischen den Booten. Dabei bemerkten sie nicht, dass etwas abseits hinter einem Container, der schwarze SUV stand.

Botatzi, di Gallo und Schifferle gingen zielstrebig zur Yacht, die immer noch im Trockendock stand und weiterhin bewacht wurde.

Als die drei an der Yacht ankamen, standen mehrere Beamte der Spurensicherung, sowie Mechaniker am und auf dem Boot. Aus dem Inneren waren Bohrmaschinen und Klopfgeräusche zu hören. Auch die Blitze eines Schweißgerätes waren zu sehen. Ein Geruch von Metall, verbranntem Holz und Schwefel lag in der Luft.

Botatzi und di Gallo erkundigten sich über den Stand der Untersuchungen. Luigi stand etwas abseits und beobachtete das Treiben auf dem Boot und in der Anlage. Dabei bemerkte er das sie beobachtet wurden. Von wem konnte er auf die Entfernung jedoch nicht erkennen.

Di Gallo verschwand nach einem kurzen Gespräch unter Deck der Yacht. Das Klopfen und Hämmern im Inneren verstummte. Botatzi begutachtete derweil mehrere Fundstücke, die auf einem Tisch unweit der Yacht aufgebart waren.

Di Gallo kam wieder an Deck und hielt triumphierend ein Bündel hoch. Er kletterte von der Yacht. Dort wartete bereits Botatzi. Dieser schaute kurz auf den Fund, den di Gallo ihm präsentierte und klopfte ihm anerkennend auf die Schulter.

Luigi kam dazu. Er blickte ebenfalls kurz auf den Fund und nickte anerkennend.

Di Gallo hatte Bilder und Dokumente aus dem Inneren der Yacht mitgebracht. Diese wurden in einer Schublade mit doppeltem Boden sichergestellt. Auf den Bildern waren die beiden Leichen abgebildet gewesen. Zusammen mit Dimitri Arkim, dem Dimitri Arkim der vor einem Jahr in Salo erschossen wurde. Der andere Mann auf den Bildern musste Andreas Hut gewesen sein. Dieser wurde bei einer Aktion zur gleichen Zeit in Stuttgart getötet. Somit gab es eine Verbindung zwischen den Leichen und der Organisation. Auf den Dokumenten, die zusammen mit den Bildern sichergestellt wurden, waren mehrere Namen vermerkt. Es war also durchaus möglich das hier auch die Namen der beiden Toten aufgeführt waren. Das würden aber die Kollegen in Verona überprüfen.

„Ihr solltet eure Beamten anweisen unauffälliger das Gelände zu observieren und zu sichern.", sagte Luigi.

„Welche Beamten?", wollte Botatzi wissen.

„Na die, die von dort hinten das Gelände sichern!", sagte Luigi und deutete in die Richtung, wo er vor wenigen Augenblicken noch die Personen erblickte.

Dort war allerdings niemand mehr zu sehen.

„Da ist niemand und, Luigi, alle Beamten befinden sich hier an der Yacht und in den beiden Fahrzeugen vor dem Dock. Es gibt sonst keine weiteren Beamten hier.", erklärte Botatzi.

„Gut, wenn das nicht welche von euch waren, dann waren es meine Freunde mit dem SUV!", erwiderte Luigi trocken.

Unauffällig ließ Botatzi mehrere Beamte den Hafen absuchen. Minuten später kamen sie wieder. Weder auf dem Gelände noch auf dem Parkplatz waren verdächtige Personen. Und vom SUV fehlte auch jede Spur.

„Ich bin mir ganz sicher, dass wir beobachtet wurden. Ich konnte sie auf die Entfernung nicht erkennen, aber es waren mehrere. Vielleicht waren sie schon öfters auf dem Gelände hier!", sagte Luigi.

Botatzi zuckte mit den Schultern. Auch di Gallo war ratlos.

„Es ist gut möglich das diese Typen sich hier irgendwo rumtrieben und ja, vielleicht waren sie auch bereits hier und haben das Boot ausspioniert. Wir haben in Limone erfahren, dass sie dort Touristen und Anwohner ausgefragt hatten wegen der Yacht hier. Es ist ein leichtes herauszufinden, wo man das Boot hingebracht hat. Viele Möglichkeiten für diese Größe von Boot gibt es nicht. Jedenfalls nicht mit Dock. Ich fordere noch zwei weitere Teams zur Absicherung der Yacht an.", sagte Botatzi.

Unweit des Hafens, in der Nähe der Villa Bettoni in einer Seitenstraße stand der schwarze SUV. Es war Hans und den anderen in letzter Sekunde gelungen das Hafengelände zu verlassen und unbemerkt mit dem SUV zu entkommen.

„Das war knapp gewesen am Hafen. Wir hatten diesen kleinen Schnüffler doch vorhin am Hotel ausgeschaltet, oder etwa nicht?", fragte Hans.

„Ganz bestimmt. Es ist einfach unmöglich das er schon wieder auf den Beinen steht. So wie wir auf ihn eingeschlagen haben. Der müsste eigentlich die nächsten Wochen all inclusive im Krankenhaus genießen!", antwortete Pavel.

„Wir verschwinden erst einmal von hier. Lasst uns wiederkommen, wenn die Straßen nicht mehr so belebt sind.", beschloss Hans und startete den Motor.

Der SUV fuhr los und reihte sich ohne weiteres aufsehen in den fließenden Verkehr ein.

34

Residence Villa Rosa Garda, Dienstagabend

Der Tag in der Residence Villa Rosa war aufregend gewesen. Nachdem am Morgen die Polizia da war und den Pool wieder freigegeben hatte, sowie die anwesenden Gäste ab sofort wieder ohne Erlaubnis kommen und gehen durften, war einiges passiert.

Der Bürgermeister von Garda hatte ihm kurz darauf die örtliche Feuerwehr zur Unterstützung geschickt. Gemeinsam pumpten sie den Pool leer. Dann reinigte und desinfizierte Paolo zusammen mit Giacomo die Fliesen. Seit etwa zwei Stunden nun lief, wieder mit Unterstützung der Feuerwehr, frisches klares Wasser in den Pool.

Mittlerweile färbte sich der Himmel in ein wunderschönes pastellrot. Die Sonne hatte begonnen unterzugehen. In gut zwanzig Minuten würde sie am Westufer verschwunden sein. Der Himmel war wolkenlos. Der See würde die Sonne wie jeden Abend einfach verschlucken, um sie dann am nächsten Tag hinter den Hügel am Ostufer wieder freizugeben.

Die Stimmung am Kyosk One war blendend. Fast alle Gäste waren anwesend. Paolo, Yvonne, Valeria und Barbara hatten alle Hände voll zu tun.

Pizza, Pasta, Salate, dazu jede Menge Aperol Spritz, Hugo, Peroni und Moretti Bier. Und natürlich durfte auch ein Gardasee Gin nicht fehlen.

„Amici. Zur Feier des Tages, ich gebe eine Runde Ramazzotti. Endlich wieder Normalität. Ab morgen alle können wieder nutzen den Pool.", rief Paolo freudig.

Die Menge jubelte. Auch Gudrun, Friedhelm und Martina saßen gemeinsam an einem Tisch am Pool. Sie klatschten und freuten sich mit den anderen.

Mandy und Kevin-Enrico kamen gerade die Treppe hinunter und schlenderten geradewegs zum Kyosk One. Paolo kam ihnen entgegen und gab ihnen erst einmal einen Ramazzotti. Beide fanden noch einen Platz im oberen Teil direkt am Kyosk One.

Paolo drehte die Musik jetzt auf volle Lautstärke. Es lief Azzurro von Adriano Celentano und sogleich stimmten alle mit an.

„Azzurro, il pomeriggio é troppo azzurro e lungo per me…"

Martina Knubbe sprang auf und fing an wild zu tanzen. Das sie dabei nicht im Takt war, störte sie nicht. Sie hatte ihr 80er Jahre Aerobic Dress vom Vormittag gegen ein schlichtes grau-schwarz einge-tauscht.

Friedhelm machte Bilder. Das machte er eigentlich den ganzen Tag. Er knipste mal wieder alles was ihm vor die Linse kam. Selbst Martina war mehrmals dabei. Auch wenn sie sicherlich nicht zu den Premium

Fotomotiven gehörte. Aber ihr Styling war es allemal wert auch Bilder von ihr zu machen. So hatte er sie bereits im Aerobic Dress am Vormittag abgelichtet. Auch in diesem Urlaub dürften so mal wieder gut und gerne Bilder im vierstelligen Bereich dazukommen.

Und wie in jedem Urlaub, hatte er sich auch diesmal vorgenommen, noch mehr Bilder als im letzten Urlaub zu schießen. Ob ihm das in diesem Urlaub allerdings gelingen würde, war schwer zu sagen, hatten sie doch die ersten Tage eher unfreiwillig nicht so viele Möglichkeiten für Ausflüge gehabt. Aber, und das war sicher, würde Friedhelm natürlich alles daran setzen in den verbleibenden Tagen, doch noch so viele Bilder wie möglich mit seinen beiden Kameras sowie seinem Handy zu schießen.

„Friedhelm, jetzt leg doch mal die Kamera beiseite. Lass uns den Abend genießen. Ab jetzt können wir all das nachholen, was uns die letzten Tage verwehrt blieb.", lallte Gudrun angeschwipst.

„Gleich Trudchen. Nur noch schnell ein paar Bilder von da oben.", antwortete Friedhelm und sprang auf.

Martina, ebenfalls leicht angetrunken, saß auf ihrem Stuhl, grinste vor sich hin und nahm einen Schluck von ihrem Hugo.

Über solche Probleme konnten Mandy und Kevin-Enrico nur schmunzeln, hätten sie sie mitbekommen.

Sie saßen allerdings weder in Hörweite noch in Sicht-weite zu den Muckels.

Beide hatten ihre Koffer bereits gepackt und waren fest entschlossen abzureisen. Ihre Entscheidung hatten sie Paolo bereits mitgeteilt, der beide nicht davon abhalten konnte.

Aber weder Mandy noch Kevin-Enrico wollte nach den Vorfällen der letzten Tage weiterhin in der Residence Villa Rosa bleiben. Beide wollten nur noch nach Hause. Dabei hatte bis auf Paolo niemand von dem peinlichen Zwischenfall mitbekommen. Und natürlich Friedhelm, aber das wussten weder die beiden noch Paolo.

Mandy und Kevin-Enrico hatten sich nach reiflicher Überlegung dazu entschlossen, den letzten Abend nicht im Apartment zu verbringen, wo doch alle Gäste fröhlich und ausgelassen am Pool feierten.

„Prösterchen Mandy! Ich freue mich schon wieder auf zu Hause.", sagte Kevin-Enrico und hob sein Glas.

Mandy prostete ihm ebenfalls zu.

„Una Pizza Buffalina?", störte Yvonne die Zweisamkeit.

„Si, für mich.", antwortete Kevin-Enrico.

„E una Insalata Mista?", fragte Valeria.

„Si, for mich prego.", erwiderte Mandy.

„Also, nochmal Prösterchen und Mahlzeit Schatz.", sagte Kevin-Enrico nochmals.

„Guten Appetit Kevin und auf einen letzten schönen Abend.", erwiderte Mandy.

Zwei Stunden später saßen nur noch der harte Kern am Pool. Die meisten waren in ihre Apartments verschwunden.

Friedhelm hatte gerade bezahlt. Gudrun saß auf ihrem Stuhl und hatte Mühe das Gleichgewicht zu halten. Sie hatte glasige Augen und grinste vor sich hin.

Das war eine dieser Situationen die Friedhelm peinlich war. Er hasste es, wenn sein Trudchen einen zuviel getrunken hatte. Nicht dass sie negativ auffiel, sie war meist ganz ruhig und grinste nur noch. Aber Friedhelm mochte es einfach nicht.

Martina Knubbe hatte bereits vor knapp einer Stunde den Bereich verlassen. Sie hatte wankend Mühe gehabt nicht in den Pool zu stolpern. Paolo hatte sie, um das zu vermeiden untergehakt und bis zur Ape gebracht. Ansonsten saß nur noch eine kleine Gruppe Holländer an einem der Tische im oberen Bereich.

„Komm Trudchen, lass uns gehen! Trudchen? Kommst du?"

Gudrun grinste. Einer der letzten Gin Tonics war nicht mehr gut gewesen, oder war es vielleicht doch der Ramazzotti den Paolo ausgegeben hatte? Gudrun war fertig. Nicht Flasche leer, sondern Flasche voll.

„Yvonne, können wir noch eine Runde Genever bekommen?", tönte es vom Tisch der Holländer.

Yvonne nickte. Kurz darauf brachte sie die Kurzen an den Tisch. Gudrun hatte es währenddessen geschafft sich von ihrem Platz zu erheben. Sie musste allerdings innehalten, da sie Probleme hatte das Gleichgewicht zu halten.

„Komm jetzt Trudchen. Konzentrier dich und lass uns nach oben gehen.", sagte Friedhelm jetzt sichtlich genervt.

Am Tisch der Holländer wurde angestoßen. Gudrun wankte langsam los. Friedhelm war bereits vorausgegangen.

35
Tignale
Mittwochvormittag

Luigi war wieder zu Hause in Tignale. Nachdem er mit Botatzi und di Gallo am Hafen von Gargnano war und die Spur der Terroristen verloren hatte, waren alle kurz darauf von dort aufgebrochen. Die Wachen an der Yacht wurden jedoch noch einmal verdoppelt. Botatzi und di Gallo brachten Luigi zu seinem Auto, bevor es für sie zurück zur Questura ging. Schifferle hatte sich dann ohne weitere Umwege nach Tignale begeben.

Die Nacht hatte er wieder in seinem eigenen Bett verbracht. Als er jedoch an diesem Mittwoch aufstand, hatte er höllischen Muskelkater. Jeder noch so kleine Muskel tat ihm weh. Dazu schmerzten zwei Drittel seiner Knochen. Als er in den Spiegel schaute wusste er auch wieder, warum ihm alles weh tat. Er erinnerte sich wieder an die Begegnung im Hotel und die anschließend, teilweise einseitige Unterhaltung, die er mit den fünf Personen geführt hatte.

Nur wenige Meter Luftlinie auf dem Parkplatz des La Rotonda stand der schwarze SUV.

Hans, Pavel, Vladimir, Wotan und Mehmet hatten sich, als sie Gargnano tags zuvor verlassen hatten ein

Apartment angemietet. Weder sie noch Luigi wussten das sie wieder einmal sehr nah beieinander waren.

Für sie war es erst einmal wichtig gewesen Gargnano zu verlassen und etwas abseits des Sees abzutauchen. Tignale war jetzt zwar nicht so abseits, aber immer noch besser als direkt am See. Sollte man ihnen auf die Spur gekommen sein, würde es eh nur eine Frage der Zeit sein, bis man sie auch hier entdecken würde.

Hans hatte daher zu äußerster Vorsicht aufgerufen. Es musste unter allen Umständen verhindert werden, jetzt so kurz vor dem Ziel die Mission und den Auftrag zu gefährden.

Luigi hatte sich nach dem Blick in den Spiegel dazu entschlossen, erst einmal nicht im Restaurant präsent zu sein. Zu offensichtlich waren seine Blessuren im Gesicht. Er meldete sich telefonisch ab und gab eine Erkältung als Grund an. Nun war es natürlich auch so, dass er nicht einfach mal seine Wohnung verlassen konnte. Fast jeder kannte ihn mittlerweile in Tignale und es würde sicherlich keine Stunde dauern, bis der ganze Ort wissen würde, das nicht eine Erkältung der Grund für seine Abwesenheit war, sondern Blessuren, die er am ganzen Körper trug. Trotzdem musste er nochmals weg. Sein Kühlschrank war leer und da er ja nicht in seinem Restaurant war, brauchte er ein paar Dinge. Luigi entschied sich dazu nach Limone zu fahren. Dort kannte man ihn nicht und die

Wahrscheinlichkeit jemanden zu treffen den er kannte war gering. Er ging ins Bad und machte sich fertig.

Gudrun und Friedhelm genossen die neue Freiheit.
Gleich nach dem Frühstück hatten sie sich aufgemacht nach Tignale, den Ort, an dem sie noch im letzten Jahr ihren Sommerurlaub verbracht hatten. Auf der Rückbank ihres Autos saß Martina Knubbe.
Sie hatte sich spontan selbst eingeladen an diesem Ausflug teilzunehmen, nachdem sie am Vorabend etwas angetrunken mit Gudrun ins Schwärmen kam.
Beide waren so fasziniert vom Norden, das sie nach mehreren Gin Tonic beschlossen, die Tour gemeinsam zu unternehmen. Gudrun konnte sich jedoch an diesem Morgen nicht mehr so genau an diese Absprache erinnern. Martina dafür umso mehr. Und Friedhelm? Der war einfach nur begeistert, dass sein Trudchen mal wieder über die Stränge geschlagen hatte.
Sie parkten auf einem Schotterparkplatz in der Via Don Enrico Socini nahe der Chiesa di San Pietro. Von da aus ging es erst einmal in die Bar Roma zu einem Cappuccino und Croissant. Martina und Gudrun hatten Kopfschmerzen. Höllische Kopfschmerzen! Friedhelm amüsierte sich darüber, ließ es sich allerdings nicht anmerken. Ganz im Gegenteil, er bemitleidete beide.

„Jetzt trinkt erst einmal den Cappucino und esst das Croissant. Danach könnt ihr immer noch ein Aspirin nehmen."

„Friedhelm, du kannst dir gar nicht vorstellen, was das für stechende Schmerzen im Kopf sind.", erklärte Martina wehleidig.

„Doch Martina, doch, das kann ich. Aber ich möchte es nicht.", erwiderte Friedhelm trocken

Gudrun blickte ihn vorwurfsvoll an. Martina hatte den Seitenhieb allerdings gar nicht mitbekommen.

Hans hatte das Apartment im La Rotonda verlassen und war zu Fuß nach Gardola gegangen. Die anderen waren in der Anlage geblieben. Hans jedoch wollte sich ein wenig umschauen. Er ging die Via Roma entlang, vorbei an kleinen Läden und Bars. Am Ende stand er auf einem Platz der als Parkplatz diente.

An dessen Ende war eine alte Tankstelle aus einer längst vergangenen Zeit. Eine Zapfsäule mit Diesel und Super Benzin und im hinteren Teil eine kleine Werkstatt. Es war ruhig. Nur selten drängte sich ein Auto durch die engen Gassen. Die Bars und Restaurants waren noch leer. Nur wenige Gäste hatten sich bis jetzt hier eingefunden. Auch auf den Straßen waren nur einige Passanten unterwegs. Gardola war um diese Uhrzeit ausgestorben. Hans blieb mitten auf dem Platz stehen. Er blickte sich um. Die Sonne brannte vom Himmel. Keine Wolke war zu sehen. Er ging langsam wieder zurück. Vor der Bar Roma blieb er stehen. Nur drei Gäste saßen an einem der Tische. Es waren die Muckels und Martina Knubbe.

Er setzte sich an den Nebentisch und bestellte sich einen Pinot Grigio. Dazu einen Panini mit Schinken und Käse.

Mehr unfreiwillig hörte er das Gespräch der dreien.

„Wir zeigen dir gleich noch unsere Wohnung, wo wir im letzten Jahr waren. Sie liegt noch etwas oberhalb in Prabione. Und dann können wir noch nach Tremosine fahren. Von da aus hat man einen traumhaften Blick über den See. Und die Schauderterasse ist einmalig.", hörte Hans eine der Frauen erzählen.

Er hörte noch eine ganze Weile zu, bezahlte dann und machte sich zurück zum La Rotonda.

Luigi hatte unbemerkt seine Wohnung verlassen. Mit Sonnenbrille, Mütze und hochgestelltem Kragen fuhr er los. Seinen Wagen lenkte er gerade die Serpentinen an der Chiesa San Pietro entlang als ihm ein älterer Mann auffiel. Er kam Luigi bekannt vor. Langsam fuhr er an ihm vorbei und blickte in den Rückspiegel. Er erschrak. Das war einer der Kerle die ihn tags zuvor in die Mangel genommen hatten. Und wo er war, konnten die anderen nicht weit sein.

Nicht noch einmal wollte Luigi den Kürzeren ziehen. Er fuhr weiter. Auf Höhe des La Rotonda fuhr er rechts ran. Luigi nahm sein Handy und wählte die Nummer von Stefano Botatzi.

36

Questura, zur gleichen Zeit

Botatzi und di Gallo saßen seit einigen Minuten bei Dottoressa Susanna Luca. Die Stimmung war angespannt. Wie bereits tags zuvor am Telefon wiederholte sich die Vice-Questore nochmals.

„Meine Herren, wie sie wissen müssen wir abliefern. Uns sitzt die Europol im Nacken und ich will diese Kerle in ihren schwarzen Anzügen nicht hier am See haben. Das ist unser Fall und wir werden ihn auch aufklären."

Botatzi nickte. Di Gallo saß mit Kugelschreiber und Block daneben und machte Notizen.

„Si Dottoressa. Wir sind dabei, aber es ist nicht so einfach. Wir wissen noch nicht genau warum die beiden auf der Yacht ermordet wurden und auch der Tote in Garda passt noch nicht so ganz in das Puzzle. Und ob sie überhaupt zusammengehören, die beiden Fälle ist auch noch nicht klar. Alles was wir wissen ist, dass die Bewohner der Apartments in Garda nichts mit dem Tod des Mannes zu tun haben. Aber und das ist interessant, das die DNA von diesem Waldemar Meier auf der Yacht gefunden wurde. Aber ob das nur ein Zufall war oder nicht, müssen wir noch klären. Hier wurde aber ausnahmsweise mal sehr gründlich von den Kollegen gearbeitet.", sagte Botatzi.

„Aber uns fehlt das Alpha-Puzzleteilchen. Das Teilchen, welches alles aufklärt.", sagte di Gallo.

Botatzi nickte zaghaft. Susanna Luca schaute beide mit zusammengekniffenen Augen an.

„Was ist mit diesem SUV! Sie hatten ihn erwähnt Commissario. Was wissen wir darüber? Und, noch wichtiger, was wissen wir über die Typen aus diesem Fahrzeug?", fragte die Dottoressa.

„Das Fahrzeug wurde zur Fahndung ausgeschrieben. Aber es ist spurlos verschwunden. Wir gehen davon aus, dass diese Typen bereits an der Yacht waren, oder zumindest in der Nähe. Wir hoffen das die Fahndung was bringt.", erklärte Botatzi.

„Nach ersten Informationen könnte das Fahrzeug auch in Garda gewesen sein. Hier fehlen aber noch konkrete Informationen der Kollegen von der örtlichen Polizia Locale.", fügte di Gallo hinzu.

„Ich erwarte Erfolge. Und zwar schnell. Ansonsten haben wir in wenigen Tagen, oder vielleicht sogar schon in Stunden, diese arroganten Anzugträger der Europol hier. Und das dulde ich nicht."

Beide nickten. Botatzis Handy klingelte. Er blickte auf das Display auf dem „Luigi" aufleuchtete.

„Gehen Sie ruhig ran Commissario. Wir sind durch.", sagte Susanna Luca.

Botatzi nickte und hob ab.

„Ciao Stefano. Bitte entschuldige die Störung. Aber ich glaube das ist wichtig…", sagte Luigi ohne abzuwarten.

„Kein Problem Luigi. Wir waren fertig mit der Besprechung. Was ist denn so wichtig…?"

„Sie sind hier! Die Typen mit dem SUV sind hier!"

Stefano Botatzi sprang auf. Di Gallo und auch Dottoressa Susanna Luca, die gerade den Raum verlassen wollte, schauten ihn erschrocken an. Botatzi winkte und Susanna Luca kam zurück.

„Luigi! Luigi ich schalte mal auf Lautsprecher. Meine Chefin Dottoressa Luca und auch der Sergente sind hier."

Botatzi schaltete den Lautsprecher an und legte sein Handy auf den Tisch.

„Du kannst sprechen Luigi!"

„Signora Dottoressa, Sergente. Buon giorno. Hier ist Luigi Schifferle. Ich… Ich bin in Tignale und habe soeben einen der Typen aus dem SUV hier entlanglaufen sehen. Er war an der Chiesa San Pietro und auf dem Weg hinunter in Richtung La Rotonda. Wieso und warum ich diese Typen kenne, kann ihnen Stefano, ich meine Commissario Botatzi erklären. Aber wo der eine ist, sind die anderen sicherlich auch nicht weit."

Es war still. Nur das leise Atmen war bei genauem Hinhören zu vernehmen.

„Ich danke ihnen sehr Signore Schifferle. Wir werden dem unverzüglich nachgehen. Commissario Botatzi und Sergente di Gallo werden sich bei Ihnen melden, wenn noch Fragen sein sollten.", sagte Dottoressa Susanna Luca.

Dann war das Telefonat beendet. Botatzi nahm sein Handy und verharrte einen Augenblick.

„Schnappen Sie sie Commissario!", zischte die Dottoressa.

Er blickte zuerst zu seiner Chefin und dann zu seinem Sergente. Der stand bereits. Botatzi sprang auf und beide verließen den Raum. Minuten später saßen sie im Alfa Romeo und machten sich auf den Weg nach Tignale.

37

La Rotonda, Tignale
ebenfalls zur gleichen Zeit

Vladimir, Wotan, Pavel und Mehmet saßen auf der kleinen Terrasse ihres Apartments im hinteren Teil der Anlage. Hans war jetzt bereits seit mehr als einer Stunde fort. Die vier schwiegen sich an und blickten auf den See, der still und anmutig vor ihnen lag. Mehmet war der erste der die Stille unterbrach.

„Wir hängen hier rum und es ist nur eine Frage der Zeit, wann man uns hier findet."

Die anderen blickten ihn an.

„Du siehst das mal wieder zu negativ. Wer soll uns denn hier finden? Niemand weiß das wir hier sind.", hielt Pavel dagegen.

Mehmet schüttelte nur den Kopf. Dann herrschte wieder stille. Ein Schlüssel fuhr ins Schloss. Hans war zurück. Er kam ebenfalls auf die Terrasse und setzte sich.

„Total ausgestorben das Kaff. Bis hier jemand mitbekommt was abgeht, hat der See kein Wasser mehr.", durchbrach Hans die Stille.

„Wie meinst du das?", wollte Vladimir wissen.

„Ich war oben in Gardola. Die Straßen, die Bars, die Läden, alles verlassen. Kaum Touristen, kaum Menschen auf der Straße. Bis hier jemand etwas merkt oder mitbekommt!", sagte Hans und machte eine abwertende Handbewegung.

„Ich habe Hunger. Und ein gehopftes Kühles wäre auch super.", sagte Wotan und sprang auf.

„Ohne mich. Ich hatte gerade einen Wein und eine Panini. Ich bleibe hier. Ich muss gleich noch telefonieren.", sagte Hans.

Wotan blickte zu den anderen. Diese erhoben sich langsam.

„Ja, warum eigentlich nicht. Eine Kleinigkeit könnte ich auch vertragen.", meinte Pavel.

Der Rest nickte nur zustimmend.

„Was ist eigentlich ein gehopftes Kühles? Hört sich interessant an!", wollte Mehmet noch wissen.

„Nichts für dich Mehmet. Da hat dein Chef was dagegen.", sagte Vladimir und zeigte grinsend nach oben.

„Alkohol? Nein, danke!", sagte Mehmet angewidert.

„Sie haben sicherlich auch einen Pfefferminztee für dich.", sagte Pavel lachend.

Die vier verließen das Apartment. Hans blieb zurück. Er nahm sein Handy und wählte eine Nummer.

„Salem Modi. Ich bin es, Hans. Wir waren da, aber… Natürlich Modi… Aber sicher Modi… Wir werden gleich morgen früh die Beweise auf der Yacht…"

Sein Gegenüber am Telefon hatte augenscheinlich aufgelegt. Hans knallte das Handy auf den kleinen Tisch neben ihm. Er nahm sich einen Zigarillo aus seiner Brusttasche und steckte ihn an.

38

Tignale
Mittwochnachmittag

Botatzi und di Gallo hatten Tignale erreicht. Sie stellten den Wagen etwas oberhalb in der großen Kurve nahe dem Trimmpfad ab. Von dort waren es nur ein paar Meter wieder hinunter bis zum La Rotonda. Di Gallo hatte sich während der Fahrt auf einem Park-platz kurz vor Tignale umgezogen und seine Unform gegen unscheinbare Jeans und Hemd eingetauscht.

Beide gingen durch die Anlage zum Restaurant. Es lag zwischen den beiden Pools. Sie setzten sich an einen Tisch auf der Terrasse mit herrlichem Blick auf den See.

Das Restaurant war um diese Zeit nur mäßig besucht. Nur wenige Tische waren belegt. Die meisten lagen um diese Zeit am Pool. Außer dem Tisch von Botatzi und di Gallo war noch ein weiterer Tisch auf der Ter-rasse mit einem älteren Paar belegt. Zudem noch ein Tisch im Inneren. Dort saßen vier Männer.

„Das könnten sie sein.", sagte Botatzi und schaute un-auffällig hinüber.

„Di Gallo saß mit dem Rücken zu dem Tisch. Um nicht aufzufallen, nahm er sein Handy und machte ein Selfie von sich.

„Ja, Sie haben Recht. Das könnten sie sein. Was sollen wir machen?"

Botatzi schaute wieder unauffällig hinüber.

„Erst einmal nichts. Die sind am Zug. Wenn wir sie hier und jetzt stellen, haben wir nichts davon. Sie sind in weniger als einer Stunde wieder auf freiem Fuß.", sagte Botatzi.

Sie bestellten Salat und Milanese mit Risotto. Dazu einen lokalen Rotwein. Zum Abschluss gab es noch einen Grappa.

„Wir werden hier bleiben Sergente. Ich werde gleich mal schauen, ob sie noch ein freies Apartment haben.", flüsterte Botatzi.

„Ich habe nichts zum Wechseln dabei Commissario.", entgegnete di Gallo.

„Ich auch nicht, aber in Gardola wird es wohl was geben. Ein paar Spesen können wir ruhig auch mal machen."

Der Tisch mit den vier Männern war fertig und sie machten Anstalten aufzustehen. Sie legten das Geld auf den Tisch und verschwanden. Botatzi schaute ihnen nach.

„Sie gehen sich mal umschauen in der Anlage. Ich gehe zur Rezeption und schaue, ob wir ein Apartment bekommen."

Botatzi zahlte. Dann verschwand er in Richtung der Rezeption. Di Gallo war bereits in einiger Entfernung zwischen zwei Apartments verschwunden.

Vladimir und Pavel waren wieder im Apartment. Hans saß noch immer auf der Terrasse und schaute auf den See hinaus. Wotan und Mehmet hingegen wollten sich noch ein wenig die Beine vertreten. Sie hatten sich bereits kurz hinter dem Restaurant von den beiden anderen getrennt.

„Wir müssen morgen zur Yacht! Modi will endgültige Ergebnisse.", sagte Hans, während er weiterhin auf den See blickte.

Vladimir und Pavel sagten nichts. Sie nickten nur.

Es klopfte an der Türe. Pavel öffnete. Wotan und Mehmet traten ein.

„Ich habe ein Apartment bekommen. Es war nicht einfach, aber nachdem ich den Ausweis vorgelegt hatte, ging es ohne Probleme. Selbst für eine Nacht.", sagte Botatzi als er di Gallo kurz darauf traf.

„Ich habe mich mal umgeschaut. Finden konnte ich allerdings nichts. Es ist ziemlich ausgebucht. Den SUV konnte ich jetzt auf Anhieb auch nirgends sehen. Aber ich war auch nicht überall und es stehen ja hinter jedem Baum Autos. Möglich das er irgendwo dazwischen steht.", sagte di Gallo.

„Unser Apartment ist zentral. Gleich oberhalb des Restaurants. Lassen Sie uns eben nach Gardola hoch gehen und ein paar Dinge besorgen. Ich habe Signora Luca auch bereits informiert das wir hierbleiben."

Di Gallo nickte und beide traten den Weg ins Dorf an. Eine knappe Stunde später waren sie zurück. Alles was sie brauchten für eine Nacht hatten sie in der Via Roma bekommen. Dazu hatte Botatzi noch eine gute Flasche Rotwein besorgt.

„Und jetzt Commissario?", fragte di Gallo als sie im Apartment ankamen.

„Jetzt Sergente machen wir das was alle hier machen. Wir genießen unseren Urlaub, wenn auch nur für eine Nacht und dazu diesen herrlichen Ausblick. Das alles mit einem guten Glas Rotwein.", sagte Botatzi lachend.

39
Hafen, Gargnano
Donnerstagmorgen

Botatzi war schon sehr früh auf den Beinen gewesen.
Er hatte in den frühen Morgenstunden bereits einen
Spaziergang über das Gelände des La Rotonda ge-
macht und dabei auch den schwarzen SUV entdeckt.
Daraufhin hatte er direkt mit Dottoressa Susanna Luca
telefoniert.
Am Abend zuvor hatte er noch mit di Gallo die ganze
Flasche Rotwein geleert. Der Sergente hatte daher
noch geschlafen, als Botatzi das Apartment verließ.
Der Commissario ging am Restaurant vorbei. Es
duftete herrlich nach frischem Kaffee und Croissants.
Er ging hinein und kam kurz darauf mit zwei Kaffees
und einer Tüte wieder raus.
Eine Stunde und zwei Kaffees mit Croissants später
saßen beide im Wagen und warteten. Es dauerte nicht
lange und der schwarze SUV verließ das Gelände des
La Rotonda. Botatzi und di Gallo folgten mit einigem
Abstand.
„Hier ist Sergente Tomaso di Gallo. Bitte wie heute
morgen besprochen die Yacht verlassen. Der SUV ist
unterwegs. Die Kollegen aus der Questura sind ebenfalls informiert. Wir sehen uns am Hafen. Seien Sie
vorsichtig!", informierte er die Kollegen am Hafen.

„Hoffen wir mal das die auch wirklich nach Gargnano fahren.", sagte di Gallo mit einem Kopfnicken in Richtung des SUV.

„Bestimmt. Die suchen etwas, sonst wären sie nicht bereits dort gewesen.", sagte der Commissario.

Botatzi behielt Recht. Der SUV fuhr direkt und ohne Umwege zum Hafen von Gargnano. Als sie im Kreisel ankamen stand der SUV bereits auf dem Parkplatz. Botatzi parkte direkt neben dem schwarzen Wagen der leer war. Beide stiegen aus.

Di Gallo schaute auf sein Handy. Botatzi zog seine Waffe aus dem Halfter.

„Die Kollegen haben die Yacht verlassen und sind in Deckung gegangen. Auch die Kollegen aus der Questura sind bereits kurz vor Gargnano. Es kann also nur noch Minuten dauern, bis auch sie hier sind.", sagte di Gallo und steckte sein Handy weg.

Botatzi nickte und verschwand zwischen den Booten. Di Gallo hatte Mühe zu folgen. Aus den Augenwinkeln konnte er aber die Fahrzeuge der Questura erblicken, die am Kreisel parkten.

Hans und seine Komplizen standen vor der Yacht. Von der Polizei war weit und breit nichts mehr zu sehen. Noch tags zuvor wimmelte es hier nur so von Polizei und Beamten. Die Yacht stand immer noch in dem Trockendock, jedoch waren alle Utensilien, die Tags zuvor noch überall herumstanden verschwunden.

„Kein Bulle mehr zu sehen.", sagte Mehmet.

„Sehr komisch das alles! Gestern hat es hier noch so gewimmelt von diesen Schnüfflern. Und heute ist hier niemand mehr.", meinte Pavel nachdenklich.

„Das muss nichts bedeuten. Möglicherweise sind sie fertig mit ihren Untersuchungen hier.", meinte Hans trocken.

„Du wirst Recht haben Hans. Diese Untersuchungen dauern ja schließlich nicht ewig.", bestätigte Vladimir.

Alle bis auf Pavel waren von dieser Theorie überzeugt und nickten zustimmend.

„Also los jetzt. Wotan und Mehmet, rauf mit euch. Pavel und Vladimir ihr geht raus und passt auf das uns niemand stört hier.", ordnete Hans an.

„Und du?", fragte Pavel.

„Ich glaube nicht, dass ich dir oder irgendjemandem von euch Rechenschaft abgeben muss, was ich zu tun habe und was nicht!"

Botatzi war bis auf wenige Meter an die Yacht herangekommen. Er hatte alles im Blick und entdeckte den Älteren der Gruppe in unmittelbarer Nähe des Bootes. Er schien sich zu unterhalten. Mit wem war nicht zu erkennen. Dafür war sein Blickwinkel nicht der Beste.

Di Gallo stand ein paar Meter entfernt an einem der anderen Boote und schaute ebenfalls zu der Yacht hinüber. Von hinten näherten sich langsam die Kollegen der Questura. Auch die Beamten, die seit Tagen an der Yacht die Untersuchungen durchführten, hatten sich wieder eingefunden. Alle zusammen beobachteten sie nun das Treiben am Boot.

Botatzis Handy vibrierte. Er holte es aus der Tasche. Eine Nachricht von Dottoressa Luca blinkte auf.

„Anordnungen für den Einsatz in Gargnano liegen vor! Richterliche Genehmigung liegt ebenfalls vor! Zugriff wenn möglich! D.S.L."

Botatzi steckte das Handy wieder in seine Tasche. Er sah zu di Gallo hinüber. Der hatte die Yacht fest im Blick. Die anwesenden Kollegen der Questura, sowie die abgestellten Beamten, die seit Tagen das Boot bewachten, hatten sich wieder einige Meter genähert. Die Yacht war jetzt von drei Seiten praktisch umstellt. Über die vierte Seite war kein Entkommen möglich. Der See bot keine Fluchtmöglichkeit. In einiger Entfernung stand aber trotzdem ein Boot der Wasserschutzpolizei, sollte es ihnen doch irgendwie gelingen über den See zu flüchten. Das jedoch war faktisch nicht möglich, da kein Motorboot am Ufer festgemacht war.

Di Gallo verließ seine Deckung und näherte sich ebenfalls einige Meter der Yacht. Botatzi folgte. Ganz leise konnten sie nun Stimmen wahrnehmen. Es waren mehrere Stimmen. Alle sprachen Deutsch. Mehr oder weniger flüssig und akzentfrei. Den verschiedenen Stimmen nach zu urteilen waren es mindestens drei. Aber es war gut möglich das alle fünf dort waren.

Aus dem Inneren der Yacht kamen jetzt zwei Personen heraus. Sie hielten etwas in den Händen und der

Alte jubelte stumm. Nun konnten sie auch die anderen sehen. Es waren alle fünf an der Yacht. Einer der beiden auf dem Boot warf das Fundstück nach unten. Der Alte fing es auf und betrachtete es. Die beiden verschwanden daraufhin nochmals im Inneren des Bootes.

Botatzi konnte nicht genau erkennen was es war. Es war nicht sonderlich groß, nein sogar recht klein. Im ersten Augenblick dachte er an eine kleine Schatulle oder etwas ähnliches. Doch dann blitzte etwas auf. Etwas metallisches. Das war keine Schatulle, das war ein Messer, oder vielleicht ein Schraubenzieher. Was wollten sie damit? Botatzi schaute erst zu di Gallo und dann zu den anderen. Dann gingen sie wieder ein paar Meter auf die Yacht zu, ohne jedoch ihre Deckung zu verlieren. Die Stimmen wurden lauter und deutlicher.

Mittlerweile war nur noch der Alte unterhalb des Bootes zu sehen. Alle anderen waren auf oder im Boot.

„Los beeilt euch. Es wird nicht ewig so still und leer sein hier. Die Bullen können auch jeden Augenblick wiederkommen.", hörten sie den Alten sagen.

Ein Poltern und Knarzen war aus dem Inneren der Yacht zu vernehmen. Dann erschien wieder einer auf Deck. Er hatte Papiere in der Hand.

„Hier sind die Unterlagen, nachdem die sicherlich gesucht haben. Ich habe sie unter dem Dielenboden gefunden. Da waren die Bullen zu dumm gewesen, unter dem Boden zu suchen.", sagte der Typ an Deck.

Hans klatschte anerkennend in die Hände. Die Unterlagen wurden vom Boot geworfen. Der Alte fing sie auf. Aus dem Inneren des Bootes war wieder ein Knarzen und Klopfen zu hören. Alle bis auf Hans waren jetzt wieder unter Deck. Er blätterte in den Unterlagen und überflog die wenigen Seiten. Auf der letzten Seite schien er gefunden zu haben, wonach er gesucht hatte.

Er klopfte gegen den Rumpf der Yacht. Alle kamen nach und nach an Deck.

„Stellt alles ein. Wir haben was wir gesucht haben. Wir verschwinden!", sagte Hans.

Mehmet, Pavel, Vladimir und Wotan kletterten nacheinander vom Boot hinunter.

„Die wollen verschwinden!"

Botatzi zog seine Pistole. Er schaute zuerst zu di Gallo. Dieser nickte und hatte ebenfalls bereits seine Pistole im Anschlag. Die anderen nickten. Botatzi stand auf, die Pistole jetzt ebenfalls im Anschlag.

„Halt. Stehenbleiben. Hier spricht die Polizia. Nehmen Sie die Hände über den Kopf!"

Botatzi und die anderen gingen langsam auf die Gruppe zu, die zunächst schockiert und überrascht stehen blieb. Doch dann ging alles sehr schnell. Pavel und Vladimir, die im hinteren Teil des Bootes zum See standen, sprangen blitzschnell hinunter und liefen zum Wasser. Sie sprangen auf das kleine Boot was unbemerkt am Steg festgemacht war. Mit wenigen Handgriffen war der Motor gestartet und beide flüchteten auf den See. Die Beamten waren zu langsam und konnten nur noch hinterher schauen. Einer jedoch feuerte mit seiner Pistole in die Luft. Daraufhin startete das Polizeiboot den Motor und nahm die Verfolgung auf.

Wotan der ebenfalls auf der Yacht war, griff in seine Jacke und zog seine Glock hervor. Er eröffnete wahrlos das Feuer und traf einen jungen Polizisten in die Brust. Dieser sackte zusammen. Nun eröffneten auch die Beamten der Questura das Feuer. Ebenso Botatzi und di Gallo. Sieben Kugeln trafen Wotan. Er wurde durch die Wucht der Einschläge von der Yacht geschleudert. Tödlich getroffen in Kopf, Hals und Oberkörper schlug er mit dem Genick auf dem Boden auf.

Mehmet sprang von der Yacht. Er zog ebenfalls seine Pistole, wurde aber noch bevor er abdrücken konnte, gestellt. Widerstandslos ließ er sich zu Boden reißen.

Hans hatte erst gar nicht versucht zu flüchten oder gar versucht mit Waffengewalt sich den Weg freizukämpfen. Er hatte direkt die Hände gehoben.

Pavel und Vladimir flüchteten Richtung Norden. Das kleine Boot mit dem Außenbordmotor heulte auf. Die knapp 40 PS waren einfach nicht ausreichend, um zu entkommen. Pavel hatte das herannahende Polizeiboot bereits entdeckt. Er gab Vladimir ein Zeichen in Küstennähe zu bleiben. Das Polizeiboot musste mit Abstand zur Küste fahren, da am Ufer einfach zu viele Felsen waren. Er gab ihm ein Zeichen Richtung Hafen im Zentrum zu fahren. Das Polizeiboot schoss in einiger Entfernung an ihnen vorbei und machte kehrt. Es fuhr nun frontal auf das kleine Boot zu. Vladimir zog scharf nach links in den Hafen rein. Das Polizeiboot machte es ihm gleich und fuhr ebenfalls in den Hafen ein. Es rammte das kleine Boot. Dies wurde gegen die Kaimauer mit solch einer Wucht gepresst, dass Pavel das Gleichgewicht verlor und aus dem Boot geschleudert wurde. Vladimir schlug mit dem Gesicht auf den Lenker des Bootes und verlor das Bewusstsein. Einer der Beamten des Polizeibootes sprang auf das kleine Boot und sicherte es. Ein weiterer Beamte zog den bewusstlosen Pavel aus dem Wasser.

Kurz darauf war das Polizeiboot bei Botatzi und di Gallo. Ebenfalls dabei, Vladimir, der mit Handschellen gefesselt im hinteren Teil des Bootes saß. Pavel hatten man bereits mit einem Krankenwagen abtransportiert.

Ein Tuch deckte den Leichnam von Wotan ab. Das Blut drückte sich allerdings bereits an mehreren Stellen durch. Hans und Mehmet saßen ebenfalls mit Handschellen gefesselt auf einer Kiste vor der Yacht.

Vor ihnen lagen die Fundstücke aus dem Boot. Beide hatten den Kopf gesenkt.

Der angeschossene Beamte war erstversorgt.

Der Krankenwagen war bereits vor Ort und lud ihn gerade ein.

40

Questura
Donnerstagabend

Wenig später saßen Botatzi und di Gallo zusammen mit den Festgenommenen in einem Verhörraum der Questura. Die Dottoressa saß unerkannt in einem Nebenraum und schaute über die Videoanlage zu.

„Mein Name ist Commissario Botatzi, das ist der Kollege Sergente di Gallo. Wir hatten uns Ihnen ja bereits am Tatort in Gargnano vorgestellt."

Keiner blickte auf.

„Sie sind Hans Vogtländer, 58 Jahre, deutscher Staatsbürger und Sie Mehmet Gügüli, 39 Jahre, türkischer Staatsbürger. Und Sie Vladimir Persow, 36 Jahre und russischer Staatsbürger."

Alle drei nickten. Das Handy von di Gallo vibrierte. Er blickte drauf und ging ran.

„Si… Si… Grazie mille Dottore… Ciao!"

Di Gallo legte das Telefon wieder beiseite.

„Das war das Krankenhaus. Ihr Pavel Sukova, ist an seinen Verletzungen, die er sich an der Kaimauer im Hafen zugezogen hatte vor wenigen Minuten verstorben.", sagte di Gallo ruhig.

Alle drei schauten jetzt auf. Vladimir hatte Tränen in den Augen. Hans und Mehmet waren schockiert.

„Reden Sie! Reden Sie und erzählen Sie uns was hier in den letzten Tagen vorgefallen ist. Was ist auf der

Yacht geschehen? Was in Garda? Und was haben sie mit der Tat an der slowakisch-österreichischen Grenze zu tun?", fragte Botatzi weiter.

Hans blickte zu den beiden anderen. Mehmet und Vladimir senkten die Köpfe.

„Jetzt reden Sie endlich! Wir wissen das Sie mit diesen ganzen Zwischenfällen zu tun haben. Und die Europol auch!", sagte Botatzi jetzt energisch.

„Also gut! Ich werde es Ihnen erzählen!", sagte Hans Vogtländer jetzt.

„Also bitte, wir hören!"

„Wir sind, nein, wir waren… Wir hatten den Auftrag Mitglieder der Organisation zu liquidieren!"

„Die Toten an der slowakisch-österreichischen Grenze?", fragte di Gallo nach.

Hans und auch die beiden anderen nickten.

„Ja, wir hatten den Auftrag diese zu liquidieren. Das haben wir dann auch getan, wie sie ja sicherlich schon wissen."

„Ja, das wissen wir. Auf eine bestialische Weise haben sie die Insassen des Fahrzeuges hingerichtet. Aber bitte fahren Sie fort.", sagte Botatzi.

„Die beiden Insassen auf der Yacht……", Hans Vogtländer stockte.

„Die beiden Insassen auf der Yacht, waren Angehörige der alten Organisation. Sie mussten liquidiert werden."

„Der alten Organisation?", wollte Botatzi genauer wissen.

„Ja, der Organisation von Arkim. Den, den wir an der Grenze ausgeschaltet hatten und dessen Sohn im letzten Jahr hier getötet wurde. Sie gehörten zur Familie.", erzählte Hans weiter, während die anderen beiden schwiegen.

„Aber warum?", wollte di Gallo wissen.

„Warum, warum? Es war ein Auftrag. Wir sind das Reinigungspersonal der Organisation. Egal ob alte oder neue. Wer zahlt, bestimmt! Und die neue Organisation zahlt sehr gut."

„Wer hat die beiden auf der Yacht umgebracht?", wollte Botatzi wissen.

„Das war Waldemar Meier! Er war ebenfalls ein Angestellter der Organisation. Eigentlich ein Guter, aber er wurde gierig, zu gierig!"

Botatzi zog die Augenbrauen hoch. Er blickte zu di Gallo, der auf den Boden blickte und angewidert den Kopf schüttelte.

„Er wollte mehr! Er hat angefangen die Organisation zu erpressen. Deshalb musste auch er weg. Wir haben das erledigt! Wir sind neutral!"

„Aber irgendwas ging schief?", wollte Botatzi wissen.

„Ja! Nachdem Waldemar Meier die beiden auf der Yacht erledigt hatte, hatte er die Unterlagen über die Organisation auf dem Boot versteckt. Die Unterlagen die wir heute gefunden hatten. Mit diesen wollte er die neue Organisation erpressen. Natürlich haben wir versucht alles herauszubekommen. Aber er war nicht kooperativ. Leider ist er uns schneller unter der Hand verstorben als geplant... Naja, den Rest kennen Sie ja. Mehr werden Sie auch nicht mehr von uns zu hören bekommen!", sagte Hans abschließend.

Botzazi schaute zuerst erstaunt zu di Gallo und anschließend in die Kamera in der Ecke.

„Sie wollen also nichts mehr dazu sagen?", fragte er nochmals.

„Nein Commissario! Von uns hören Sie nichts mehr. Alles andere müssen Sie oder die Europol herausbekommen.", sagte Hans.

Die Tür ging auf und Dottoressa Luca betrat den Raum.

„Also gut! Wenn Sie uns nicht weiterhelfen wollen, dann übergeben wir Sie nun an die Europol. Sollten die nichts herausbekommen, bin ich sicher das die Organisation weiß was zu tun ist.", sagte Susanna Luca.

Kurz darauf wurden Hans Vogtländer, Mehmet Gügüli und Vladimir Persow von der Europol in Empfang genommen.

Der Abtransport blieb jedoch nicht unbeobachtet. Mohamad „Modi" Ibn Al Hamadi saß in einem Café gegenüber der Questura und beobachtete alles. Er zündete sich eine Zigarette an. Er nahm sein Mobiltelefon und tippte etwas auf das Display. Kurz darauf war auch er verschwunden.

41

Abreise und natürlich noch ein klein bisschen Schifferle

Acht Tage später herrschte große Aufbruchstimmung bei Paolo in der Residence Villa Rosa. Gudrun und Friedhelm Muckel, sowie Martina Knubbe standen, wie schon viele andere vor ihnen, vor der Ape. Für alle hieß es heute Abschied nehmen. Der Urlaub war zu Ende.

„Ciao Amici. Grazie mille für euren Besuch hier in der Residence Villa Rosa."

Es flossen ein paar Tränen, selbst bei Friedhelm.

„Es war wirklich sehr schön hier! Wenn man die Sache mit dem Arrest hier ausblendet!", sagten alle gleichzeitig.

„Wir telefonieren ganz bestimmt!", sagte Gudrun an Martina gerichtet.

Minuten später saßen alle in ihren Autos. Kurz darauf hatten dann auch alle das Gelände der Residence Villa Rosa verlassen. Paolo winkte zum Abschied.

Luigi Schifferle stand mal wieder in seinem Restaurant. An einem Nebentisch saß wie schon beim letzten Mal Stefano Botatzi.

Alles war in bester Ordnung! Wieder einmal hatten sie die Organisation besiegt. Glaubten sie!

Danke

Wenn Ihr hier angekommen seid, habt Ihr entweder auch dieses Buch zu Ende gelesen, was mich natürlich wieder ganz besonders freuen würde, oder Ihr habt mal wieder schnell zur letzten Seite geblättert. Egal was und wie, aber ich sage mal wieder „Grazie mille amici".

Besonders danken möchte ich gerne:

Meinen ehrenamtlichen Hobbylektoren, die mich hier wieder tatkräftig unterstützt haben, das Buch und die Wörter ins richtige Licht zu rücken. Einen besonderen Dank auch an Paolo Bertamè, der wieder einmal, unbeabsichtigt, den Titel des Buches beisteuerte und diesmal auch, gemeinsam mit seiner Familie ein Teil der Geschichte war. Danke auch an Birgit Weidisch. Ihre Aufnahme ziert diesmal das Cover des Buches. Ein sehr schönes und passendes Bild wie ich finde. Ohne Sie alle wäre es wirklich schwierig geworden dieses Buch zu verwirklichen. Alle im Buch genannten Personen sind natürlich wie immer frei erfunden. Sollte sich doch jemand in einer Person erkennen, so war es einfach nur Zufall. Die Orte jedoch wieder nicht. Sie spiegeln die Sehnsucht und Liebe wieder, die mich erfüllten, als ich auch dieses Buch schrieb. Ich hoffe es hat euch auch diesmal gefallen und ich konnte euch wieder ein wenig entführen in eine andere Welt, an den für mich schönsten Ort der Welt, den Gardasee.

Ebenfalls erschienen bei BoD:

Paolo Botti

Vinceremo

ISBN: 978-3753498515

Luigi Schifferle hat sein Leben als Polizist gegen das am wunderschönen Gardasee eingetauscht. Sein Ziel, ein eigenes Restaurant. Friedhelm und Gudrun Muckel wollen dort einfach nur Urlaub machen. Und dann ist da noch Oberkommissar Martin Schunk in Stuttgart und Commissario Stefano Botatzi in Riva del Garda die beide das gleiche Problem haben, die Organisation.